Sabine Brenner-Wilczek

Ja, die Weiber sind gefährlich!

Heinrich Heine und die Frauen

Hoffmann und Campe

1. Auflage 2015

www.hoca.de
Einbandgestaltung: glanegger.com, München
Einbandillustration: Victorian Fashions/Dover Publications,
Morphart Creation und Doremi/Shutterstock
Satz: Pinkuin Satz und Datentechnik, Berlin
Gesetzt aus der Bodoni
Druck und Bindung: CPI books GmbH, Leck
Printed in Germany
ISBN 978-3-455-40553-8

HOFFMANN
UND CAMPE

Ein Unternehmen der
GANSKE VERLAGSGRUPPE

Inhalt

»Ja, die Weiber sind gefährlich! Aber ich muß doch die Bemerkung machen, daß die schönen lange nicht so gefährlich sind wie die häßlichen. Denn jene sind gewohnt, daß man ihnen die Cour mache, letztere aber machen jedem Manne die Cour und gewinnen dadurch einen mächtigeren Anhang. Namentlich ist dies in der Literatur der Fall.«

Heine in *De Staël-Kritik*, 1844

1

Einleitung

Heinrich Heine pflegt zeitlebens ein vielschichtiges und schillerndes Verhältnis zu den Frauen, die ihn umgeben. Um die Impulsgeberinnen in seinem Leben zu beleuchten, lohnt es sich, zunächst die Frauen der Heine-Familie in den Blick zu nehmen.

Da ist zuallererst seine Mutter Betty, die ihn mit Strenge und Disziplin erzieht und die es gar nicht gerne sieht, dass ihr Sohn den vermeintlich brotlosen Beruf des Schriftstellers wählt. Dennoch hat sie mit ihm die längste, eine im wahrsten Sinne des Wortes lebenslange Beziehung und Korrespondenz – Heines Biographie lässt sich trefflich im Gleichklang mit und im Auseinanderstreben von seiner Mutter erzählen. Ein reichhaltiger Schatz, der hierbei gehoben wird, sind, wie auch bei den Schilderungen der anderen Frauen, die Briefwechsel und zeitgenössischen Zeugnisse, die amüsieren, ernstlich oder nachdenklich stimmen und immer wieder anrühren.

Heines Schwester Charlotte, der er innig verbunden war und die mit Fug und Recht seine engste Vertraute in der Familie genannt werden kann, wird ebenso in ihrem Verhältnis zu Heine porträtiert wie seine Tante, die als Millionärsgattin dem stattlichen Haus ihres Mannes in der Nähe von Hamburg vorstand und an deren Familienbande Heine so viele Erinnerungen der Einsamkeit in sich trägt.

Mit der Familie seiner Tante verbindet Heine auch deswegen gemischte Gefühle, weil seine Cousine Amalie ihn abweist und mit starkem Liebeskummer zurücklässt, den Heine in seinen Werken einmal als »Zahnweh im Herzen« erwähnt hat. Das nächste Kapitel über die geliebten Wesen nimmt aber nicht nur die unerwiderte Liebe in den Fokus, sondern auch die leidenschaftlich-stürmische Liebe mit Mathilde, die Heine zärtlich seinen »Hausvesuv« nennt und die er heiratet, weil er fürchtet, in einem Duell getötet zu werden und sie dann unversorgt zurückzulassen. Die Rede ist aber auch von Heines letzter Liebe, der er den Namen »Mouche« gibt. Hinter dem Kosenamen verbirgt sich Elise Krinitz, die »letzte Blume« seines »larmoyanten Herbstes«, wie Heine es einmal beschreibt, denn er ist längst an das marternde Krankenbett seiner »Matratzengruft« gefesselt und kann die junge Verehrerin nur noch mit Gedichten beglücken.

Besonders spannungsreich ist Heines Verhältnis zu den Schriftstellerinnen und Salonnièren seiner Zeit – hier ließen sich der Auswahl noch viele Namen hinzufügen. Als frühe Fördererin und Unterstützerin wirkt Rahel Varnhagen von Ense, während das Verhältnis zu George Sand, der zu ihrer Zeit berühmtesten französischen Schriftstellerin, nicht nur von gegenseitigem Austausch, sondern auch von Zerwürfnissen geprägt ist. Ungetrübt ist hingegen die Freundschaft mit Fanny Lewald, die sich im Zuge der Emanzipationsbewegung von Frauen im 19. Jahrhundert und als erfolgreiche Schriftstellerin einen Namen als »deutsche George Sand« macht und Heine nur wenige Monate vor seinem Tod in Paris besucht.

Das Kaleidoskop der Beziehungen von Heinrich Heine zu den Frauen, die er mal liebevoll, mal beißend spöttisch bedenkt, ließe sich spielend erweitern, etwa um die Marketenderinnen und Grisetten, die nicht nur in Heines Werken eine Rolle gespielt haben. Aber auch die literarischen Frauengestalten, angefangen bei der Loreley, verdienten noch weit mehr als einen näheren Blick. Daher ist es mein Wunsch, dass der vorliegende Band durch seinen heiteren Charakter und den leichtfüßigen Duktus Interesse an all den Frauen weckt, die Heinrich Heines Leben und sein Werk auf so vielfache Weise geprägt haben.

Sabine Brenner-Wilczek
Düsseldorf, im Juli 2015

2

Frauen der Heine-Familie

»Wenn die Ahnen, schon seit undenklichen Zeiten, Rehböcke geschossen haben, so findet auch der Enkel ein Vergnügen an dieser legitimen Beschäftigung. Meine Ahnen gehörten aber nicht zu den Jagenden, viel eher zu den Gejagten …«

Betty Heine

»Die liebe Mutter klagt, sie hätte genug an ihren Jahren zu tragen – ich wünsche Dir, nur halb so rüstig zu sein, und Du könntest zufrieden sein, der liebe Gott erhalte sie uns. Ich kann Dir mein heiliges Wort geben, daß ich nicht halb so eitel bin wie sie; hat Anna [Charlottes Tochter Anna Embden] *einen rosa Huth auf, so setzt sie ihn auf, ob er ihr auch gut steht, und findet sich so hübsch, daß sie bedauert, in ihrem Alter kein Rosa tragen zu können. Ein Glück, im 82ten Jahr daran Vergnügen zu finden.«*

Charlotte Embden (geb. Heine) an Heinrich Heine, 26. März 1852

»Die ernstvolle geistreiche Mutter«

Betty Heine, geborene Peira van Geldern

»Düsseldorf ist eine Stadt am Rhein, es leben da 16,000 Menschen, und viele hunderttausend Menschen liegen noch außerdem da begraben. Und darunter sind manche, von denen meine Mutter sagt, es wäre besser sie lebten noch, z. B. mein Großvater und mein Oheim, der alte Herr v. Geldern und der junge Herr v. Geldern, die beide so berühmte Doctoren waren, und so viele Menschen vom Tode kurirt, und doch selber sterben mußten«, notiert Heine rückblickend über seine Geburtsstadt in *Ideen. Das Buch Le Grand*.

Düsseldorf ist Ende des 18. Jahrhunderts Hauptstadt des Herzogtums Jülich-Berg und Sitz der Regierung mit zahlreichen Behörden und Gerichten. Der Hof residiert schon seit Längerem in München, aber das Opernhaus, die berühmte Gemäldegalerie, die Kurfürstliche Bibliothek, die Kunstakademie, die Sternwarte und der Botanische Garten erinnern noch immer an die glanzvolle Residenzzeit der Stadt im 16. und 17. Jahrhundert. Die städtische Industrie ist überschaubar und besteht unter anderem aus Tabakmanufakturen, Essigbrauereien und Baumwollspinnereien. Harry Heine, der den Namen Heinrich erst bei der protestantischen Taufe 1825 erhält, ist seiner Familie und seinem Stadtviertel, der

Altstadt, besonders verbunden. In der Bolkerstraße mit der heutigen Hausnummer 53 wird er geboren. Das gängige Datum, der 13. Dezember 1797, ist übrigens nicht gänzlich gesichert: Die Dokumente über Geburt und Beschneidung sind verbrannt beziehungsweise von Heine selbst vernichtet worden. So sind wir auf Vermutungen angewiesen. Gelegentlich gibt Heinrich Heine sogar exakt den Jahreswechsel vom 31. Dezember 1799 auf den 1. Januar 1800 an, um als erster Mann eines neuen Jahrhunderts in die Geschichtsbücher einzugehen. Aus der Affäre ziehen können wir uns aber mit einem Satz, den Heine gegenüber einem neugierigen Journalisten geäußert haben soll: »Das Wichtigste ist doch, dass ich überhaupt geboren bin.«

Auf die Welt brachte ihn seine willensstarke und disziplinierte Mutter Betty Heine, geborene Peira van Geldern. Sie stammt aus der angesehenen jüdischen Düsseldorfer Bankiers- und Gelehrtenfamilie van Geldern, die Ende des 17. Jahrhunderts aus Holland eingewandert war. Heines Vater Samson, Spross einer strenggläubigen norddeutschen Kaufmannsfamilie, lernt sie im Sommer 1796 in Düsseldorf kennen. Da ist Betty noch zutiefst bewegt von zwei Schicksalsschlägen, die sie kurz zuvor ereilten: Ihr Vater stirbt im Oktober 1795 an den Folgen der Roten Ruhr, die nach der Besetzung durch die Franzosen in Düsseldorf ausbricht, und nur ein halbes Jahr später stirbt an derselben Krankheit auch ihr innig geliebter Bruder Josef, den sie bis zur Erschöpfung gepflegt hat.

Heines Eltern heiraten für die damalige Zeit recht spät – Betty mit 25 und Samson mit 33 Jahren. Ob es sich um eine Liebesheirat oder eine Vernunftehe handelt, ist rückblickend nicht zu klären. Fest steht aber, dass Peira van Geldern, die nach der Hochzeit sowohl Vor- als auch Nachnamen wechselt, sich nach dem Tod von Vater und Bruder in einem deprimierten, instabilen und schutzbedürftigen Zustand befindet, wovon die Briefwechsel mit ihrer Freundin Helena Israel zeugen.

Nach der Heirat sorgt Betty Heine durch kluges, engagiertes Handeln dafür, dass Samson als »Schutzjude« anerkannt wird, was ihm die Möglichkeit bietet, in Düsseldorf ein Geschäft mit modischen Textilwaren zu eröffnen. Bis ungefähr 1806 erblicken im Haus in der Bolkerstraße insgesamt vier Kinder das Licht der Welt: Harry (Heinrich), Sara (Charlotte), Gottschalk (Gustav) und Meyer (Maximilian). Am 6. Juni 1809 erwerben die Eheleute Heine dann ein anderes, nunmehr dreigeschossiges Haus mit Nebengebäuden und Garten in unmittelbarer Nähe, ebenfalls auf der Bolkerstraße (heutige Hausnummer 42). Die Lebensverhältnisse der Familie bleiben jedoch trotz des repräsentativeren Hauses eher bescheiden.

In Heines literarisch ausgestalteten Erinnerungen an die Jugendzeit steht sein Vater – in dessen »Gemüthe war beständig Kirmeß« – für Unbeschwertheit und Lebenslust, wohingegen seine Mutter Moral und Willenskraft verkörpert. Auch sein Bruder Maximilian schreibt rückblickend in einem Brief von 1831 von einer »freien, liberalen Erziehung«: »Bei dieser Gelegenheit der Jugend-Memoiren habe ich dann viel über meine, ja unsre Erziehung nachgedacht. Was mich betrifft, da bin ich ganz zufrieden ... Der selige, gute Vater nahm mich als Knabe auf die Kaffeehäuser, lehrte mich das Kartenspiel, und ich bin weder ein Säufer noch Spieler geworden – Die ernste geistvolle Mutter zürnte nicht, wenn ich Schauspiele, Bälle, Conzerte, und mitunter auch andere stillere Vergnügungen besuchte«.

Betty Heine ist um das gesellschaftliche Ansehen der Familie und besonders um das berufliche Fortkommen der Kinder bemüht und investiert daher viel Energie in deren konsequente Erziehung. Liest man das bekannteste Zitat von Heine über seine Geburtsstadt Düsseldorf weiter, als es zu Werbezwecken üblich ist, führt der Spannungsbogen des Textes geradewegs zum vermeintlichen Einfluss seiner Mutter auf Heines Lebensweg als Schriftsteller:

»Die Stadt Düsseldorf ist sehr schön, und wenn man in der Ferne an sie denkt, und zufällig dort geboren ist, wird einem wunderlich zu Muthe. Ich bin dort geboren, und es ist mir, als müßte ich gleich nach Hause gehen. Und wenn ich sage nach Hause gehen, so meine ich die Bolkerstraße und das Haus, worin ich geboren bin. Dieses Haus wird einst sehr merkwürdig seyn, und der alten Frau, die es besitzt, habe ich sagen lassen, daß sie bey Leibe das Haus nicht verkaufen solle. Für das ganze Haus bekäme sie jetzt doch kaum so viel wie schon allein das Trinkgeld betragen wird, das einst die grünverschleyerten, vornehmen Engländerinnen dem Dienstmädchen geben, wenn es ihnen die Stube zeigt, worin ich das Licht der Welt erblickt, und den Hühnerwinkel, worin mich Vater gewöhnlich einsperrte, wenn ich Trauben genascht, und auch die braune Thüre, worauf Mutter mich die Buchstaben mit Kreide schreiben lehrte – ach Gott! Madame, wenn ich ein berühmter Schriftsteller werde, so hat das meine arme Mutter genug Mühe gekostet.«

Heine zieht hier eine direkte Linie von dem Schreibunterricht seiner Mutter zu seiner Schriftstellerei. Dies legt die Vermutung nahe, Betty Heine habe sich schon früh für die literarischen Bestrebungen ihres Sohnes eingesetzt. Doch der Eindruck täuscht. Vielmehr wünscht sie sich für ihren Sohn eine kaufmännische Karriere und, nachdem die Unternehmungen ihres Mannes Samson sowie die Filiale *Harry Heine & Comp.* in Hamburg gescheitert sind, eine juristische Laufbahn, wie es Heine in seinen *Memoiren* berichtet:

»Meine Mutter aber hatte große hochfliegende Dinge mit mir im Sinne und alle ihre Erziehungspläne zielten darauf hin. Sie spielte die Hauptrolle in meiner Entwicklungsgeschichte. Sie machte die Programme aller meiner Studien und schon vor meiner Geburt begannen ihre Erziehungsversuche. Zu erst war es die Pracht des Kaiserreichs, die meine Mutter blendete … ach, da träumte meine Mutter für mich die goldensten Epauletten oder die brodirtesten Ehrenchargen am Hofe des Kaisers, dessen Dienst sie mich ganz zu widmen beabsichtigte … Mit dem Fall des Kaiserreichs mußte auch meine Mutter der prachtvollen Laufbahn, die sie für mich geträumt, entsagen, die dahin zielenden Studien nahmen ein Ende … Sie beschloß daher jetzt, daß ich eine Geldmacht werden sollte, und jetzt mußte ich fremde Sprachen, besonders Englisch, Geographie, Buchhalten, kurz alle auf den Land- und Seehandel und Gewerbskunde bezügliche Wissenschaften studiren …

Da bald darauf eine große Handelskrisis entstand und wie viele unserer Freunde auch mein Vater sein Vermögen verlor und ich auf keine Geldfonds rechnen konnte, da platzte die merkantilische Seifenblase und meine Mutter mußte wohl eine andre Laufbahn für mich träumen. Sie meinte jetzt ich müsse durchaus Jurisprudenz studiren … Da eben die neue Universität Bonn errichtet worden, wo die juristische Fakultät von den berühmtesten Professoren besetzt war, schickte mich meine Mutter unverzüglich nach Bonn, wo ich bald zu den Füßen Mackeldeys und Welkers saß und die Manna ihres Wissens einschlürfte … Sie hatte, wie ich schon erwähnt, eine Angst vor Poesie, entriß mir jeden Roman, den sie in meinen Händen fand … schalt die Mägde, welche in meiner Gegenwart Gespenstergeschichten erzählten, kurz sie that alles mögliche um Aberglauben und Poesie von mir zu entfernen … sie hatte nemlich damals die größte Angst, daß ich ein Dichter werden möchte; das wäre das Schlimmste, sagte sie immer, was mir passiren könne.«

»Hätte ich nur Dein Bild retten können«

Brandkatastrophen in Hamburg

Entgegen den Wünschen und Vorstellungen seiner Mutter wird Heine freier Schriftsteller, obwohl er eine Ausbildung macht und danach Jura studiert. Schon während seiner Studienjahre in Bonn, Göttingen und Berlin erprobt und entfaltet er verstärkt sein literarisches Talent. Nach seinem juristischen Doktorexamen lässt er sich 1825 schweren Herzens protestantisch taufen und erhält die Namen »Johann Christian Heinrich«. Die Absicht dahinter: Er möchte eine Anstellung im Staatsdienst erhalten, wozu es aber nie kommt. Im Laufe dieser beruflichen Aufbruchsjahre bis 1831 erscheinen Heines mehrbändige *Reisebilder*, die ihn als modernen Zeitschriftsteller mit spitzer Feder der Öffentlichkeit vorstellen, sowie seine heutzutage weltberühmte Gedichtsammlung *Buch der Lieder*, in der auch die *Loreley* abgedruckt ist.

Zunächst wird Heine für diese Lyriksammlung nicht mit überwältigendem Erfolg belohnt. Vielmehr gerät er durch seine in den *Reisebildern* geäußerte mutige Kritik an Staat und Kirche in den Fokus der deutschen Zensur- und Polizeibehörden. Die Zensur- und Verbotspraxis wird in dieser Zeit beständig verschärft: Sie macht seine Existenz als freier Schriftsteller und Journalist in Deutschland nahezu unmöglich. Im Mai 1831 siedelt Heine schließlich nach Frankreich über. Dieser zunächst aus freien Stücken gewählte Aufenthalt in Paris, dem Foyer der europäischen Kultur, wird bald zum Exil, aus dem Heine – von zwei Reisen nach Deutschland abgesehen – nicht mehr in sein Heimatland zurückkehrt.

Die Beziehung zu seiner Mutter Betty ist daher 25 Jahre lang durch die räumliche Distanz geprägt; sie wohnt mittlerweile als Witwe in Hamburg. Das Düsseldorfer Geschäft und der dortige Hausstand sind schon lange aufgelöst – Samson Heine war aufgrund von epileptischen Anfällen nicht mehr in der Lage gewesen, sich um die geschäftlichen Angelegenheiten zu kümmern. Alle Versuche, die Firma zu retten, scheiterten. Auf die Unterstützung des reichen Hamburger Onkels Salomon angewiesen, wohnt die Familie daraufhin längere Zeit in Lüneburg. Nach und nach verlassen die Heine'schen Kinder das Elternhaus, Gustav eröffnet 1827 mit Hilfe seines Onkels ein Kolonialwarengeschäft in Hamburg. Als leichtsinniger Lebemann, der sich in Kaffeehäusern und Bordellen herumtreibt, hat Gustav jedoch nicht das Talent, ein erfolgreicher Kaufmann zu sein. Obwohl seine Eltern Betty und Samson Heine 1828 zur Unterstützung zu ihm ziehen, muss er bereits ein Jahr später das Geschäft wieder aufgeben. Im selben Jahr, am 2. Dezember

1829, stirbt Samson Heine an den Folgen eines Schlaganfalls. Betty, hart getroffen von diesem Schicksalsschlag, wird finanziell durch eine Rente von ihrem Schwager Salomon abgesichert und gründet ihren eigenen Hausstand, während Gustav die Stadt an der Elbe verlässt.

Die über 900 Kilometer zwischen Paris und Hamburg überwinden Heine und seine Mutter durch einen regen Briefwechsel: Erhalten sind rund 100 Briefe von Heine und knapp 30 Briefe, die Betty – nicht selten mit einer Nachschrift von Heines Schwester Charlotte versehen – an ihren Sohn richtet. Bettys oftmals kurze Berichte, in denen sie sich Sorgen um den Sohn macht oder von ihrem Alltag erzählt, sind auf die Zeit zwischen Dezember 1833 und November 1855 datiert. Der erste überlieferte Brief der Mutter ist außergewöhnlich lang und kündet dem Sohn von einer Brandkatastrophe, die sich am 3. November 1833 durch ein Feuer im Kontor unter der Wohnung der Mutter auch auf deren Etage ausgedehnt hat:

»… ich hatte mich durch Erkältung schon 8 Tage unwohl befunden, so daß ich 2 Tage zu Bette gelegen. Den unglücklichen Sonntag ging ich im Zimmer in meiner Schlafmütze und Morgenrock … da kommt Hanchen und schreit, unten im Hause wäre ein so starker Rauch, und ich sehe wie zum ersten Stock zum Fenster heraus starker Rauch herauskommt. Ich eile also herunter um zu sehen was das ist, da kam mir aber solcher Rauch entgegen, daß ich die Treppe nicht mehr sehen konnte, glücklicherweise aber das Treppengeländer in Händen bekam und so herunter eilte. Hanchen hatte glücklicherweise mich hinten bey dem Morgenrock gefaßt und schrie immer ich brenne ich ersticke, ich hielt mir den Mund zu und zu meinem Glücke wurde in dem selben Augenblick die Haußtühre aufgestoßen, ich sah die Straße und eilte heraus, und so schlug Rauch und Flamme mir nach zu Tühre und Fenster parterre und auf dem ersten Stock zu den Fenstern heraus. Es war nachmittags ¾ auf 5 Uhr, wäre Hanchen nicht herauf gekommen so wäre ich verlohren gewesen, denn über dem Dach sich zu retten wäre keine Möglichkeit wegen der Bauart der Nebenhäuser gewesen, und die Treppe stand gleich in Flamme ...«

Zum Glück und dank der Warnung des Dienstmädchens bleibt Heines Mutter unverletzt, allerdings war nach ihrer Schilderung gar nicht daran zu denken, etwas außer Leib und Leben zu retten. Neben der Monatsmiete sowie einer erklecklichen Summe an Bargeld fällt ein von ihr sehr geliebtes Porträt Heines den Flammen zum Opfer:

»... Gustav hatte mir auch sein Bild sehr schön in Uniform gemalt geschickt und Max hatte sich auch abnehmen lassen, ich gestehe Dein Bild schmerzt mich am meisten, und ich wolte mich über nichts grämen hätte ich nur Dein Bild retten können, weil es Dir so sehr ähnlich sahe, und ich mich stundenlang mit Dir wenn ich alleine war durch Anschauen unterhalten konnte, und ich mich recht glücklich bey und mit meinen drey lieben

Söhnen fühlte, hauptsächlich aber machte mir Dein Bild Freude«.

Auch Manuskripte Heines werden durch den Brand vernichtet, wobei Betty durchaus humorvoll anmerkt, sie könnte sich hierbei »noch mit dem Gedancke trösten, daß vielleicht etwas darunter war, was einmal Dein Ruhm hätte schmälern können«.

Heines Mutter erlebt in Hamburg gleich zwei Brandkatastrophen, bei denen sie Hab und Gut verliert, was sicherlich auch einer der Gründe dafür ist, warum nur so wenige Dokumente aus Heines Kindheit und Jugend erhalten sind. Das zweite Mal verwüstet im Mai 1842 eine Feuersbrunst die ganze Stadt. Am 5. Mai bricht in Hamburg ein Großbrand aus, der bis zum 8. Mai andauert und einen großen Teil der inneren Stadt zerstört, wie es Heine in seinem *Wintermährchen* literarisch zugespitzt beschreibt:

Die Stadt, zur Hälfte abgebrannt,
Wird aufgebaut allmählig;
Wie'n Pudel, der halb geschoren ist,
Sieht Hamburg aus, trübselig.

Abermals kommt Betty Heine knapp mit dem Leben davon. Umgehend wird ein Brief mit dieser guten Nachricht von Hamburg in Richtung Paris abgeschickt. Allerdings notiert Betty: »Ich mache mir große Sorgen, daß ich diesen Brief nicht frankieren konnte. Das wird Dir Kosten machen. Aber die Post ist abgebrannt.« Dies rührt und erheitert Heine zugleich. Erleichtert antwortet er aus Paris seiner Mutter und seiner Schwester Charlotte:

»Gestern Abend habe ich Euren Brief vom 7ten erhalten und habe dadurch wenigstens die letzte Nacht ruhig schlafen können. Vierundzwanzig Stunden lang bin ich ohne Kopf herumgegangen, seit ich die allgemeinen Nachrichten aus den Blättern erfahren. Ich bewundre wie Du, liebes Lottchen, noch so ruhig und besonnen schreiben konntest, beim Anblick des entsetzlichen Feuers – ich danke Dir von ganzem Herzen über die Beruhigung, die Du mir ertheiltest. … Meine arme gute Mutter! Laß Dich nur nicht aus Kummer über materielle Verluste zu sehr agitiren. Gott ist ein guter Mann. Diesmal aber hat er sich auf die guten Löschanstalten Hamburgs zu sehr verlassen!«

»Sie lauscht nach meinen Gedanken«

Verhandlungen für den Sohn

Als freier Schriftsteller verfügt Heinrich Heine über kein kontinuierliches Einkommen. Zudem ist er auf eine Reihe unterschiedlicher Einnahmequellen angewiesen. Betty Heine hilft ihrem Sohn bisweilen mit kleineren Geldsendungen und unterstützt ihn bei den Verhandlungen mit seinem Verleger Julius Campe über eine Gesamtausgabe seiner Werke – allerdings nur am Rande. Campe, dessen Verlag in Hamburg sitzt, muss 1837 den Vertragsentwurf bei Betty Heine einsehen und – so stellt es sich Heine offenbar idealerweise vor – am besten gleich unterzeichnen. Über diese Vorgehensweise ist der Verleger empört, er wünscht, die verwitwete Frau aus solcherlei Geschäften herauszuhalten, und beschwert sich per Brief bei Heine in Paris:

»Da ich den *Contrakt* unterzeichnen und halten soll, so bestand ich darauf, ihn zur Prüfung und Ueberlegung mit mir zu nehmen; wozu soll ich einer bejahrten Frau die Last aufbürden, das zu berichten, was ich Ihnen deswegen sagen muß? Unrecht finde ich es, daß Sie in das stille Leben Ihrer Mutter mit einer solchen Sache dringen, die sie beunruhigt. – Sie lauscht nach meinen Gedanken, die meine Gesichtsmuskeln verrathen könnten; jedes Wort bewegt sie mit ängstlicher Sorgfalt, Ihre Interessen zu schützen. Mit der höchsten Gleichgültigkeit sprach ich über den *Contrakt*, nannte ihn vortrefflich um ihr, da sie unpäßlich war, keine Besorgniß einzuflößen. Von der andern Seite betrachtet, begreife ich nicht, wie Sie mir die Last aufbürden mögen mit einer Frau zu verhandeln, die allerdings Bücher sehr treffend beurtheilen kann, der aber das schachernde Bücherwesen völlig fremd ist, die von allem nichts versteht, was sich darauf bezieht … Ich finde das höchst lästig und beklage es, daß Sie nicht direct, wie es am besten wäre, deswegen verhandeln.«

Heine erhält durch geschickte Verhandlungen mit Campe schließlich eine erhebliche Summe. Dafür bekommt Campe 1837 für 20000 Francs das Recht, binnen elf Jahren eine Gesamtausgabe herauszugeben sowie Heines bisherige Einzelschriften in beliebiger Höhe und Stückzahl neu aufzulegen. 1843 wird diese Regelung in einem neuen Vertrag nochmals bekräftigt, gleichzeitig verpflichtet sich der Verleger dieses Mal im Gegenzug zur Zahlung einer Lebensrente.

»Werde Euch alle bald mündlich küssen«

Heines Besuche in Hamburg

Der Briefwechsel Heines mit seiner Mutter wird von dem ständigen Wunsch getragen, seiner Familie in Hamburg einen Besuch abzustatten. Allerdings ist ihm sehr bewusst, wie gefährlich dieses Vorhaben sein kann: Die preußische Obrigkeit könnte ihn mit Sanktionen belegen und sogar gefangen nehmen lassen. Bereits 1833, also zweieinhalb Jahre nach seiner Umsiedlung nach Frankreich, schreibt Heine seiner Mutter:

»Daß ich mich, wegen meiner politischen Stellung, irgend einer Gefahr aussetze, glaub ich eigentlich nicht. Aber Vorsicht ist in allen Dingen rathsam, Du darfst keine Seele, außer Lottchen, ahnen lassen, daß ich nur den Gedanken hege, nach Hamburg zu kommen; sonst legen sich dort meine Feinde schon jetzt auf die Lauer. Komme ich aber unvermuthet, so haben sie keine Zeit zu überlegen und nach Hamburg zu kommen. Du wirst nächstens erfahren, wie aufsässig mir die Preußen sind; unter uns gesagt, ich übertreibe die Sache, aber vorsichtig bin ich doch, und eben meiner großen Vorsicht wegen kannst Du immer wegen meiner außer Sorge seyn, ich bin in Sicherheit überall, bin leidenschaftslos, ruhig – und bekomme einen dicken Bauch wie der Burgmüller. – Kommt Zeit, kommt Rath!«

Über zehn Jahre lang verwirklicht sich Heines Wunsch einer Reise nach Hamburg nicht. Angetrieben durch die Sehnsucht nach seiner Mutter will er von ihr wissen: »Und Du alte süße Katze, wie geht es Dir? Wenn Du stirbst, ehe ich Dich wiedersehe, schieße ich mich todt.«

Schlussendlich reist Heine 1843 das erste Mal von Paris nach Hamburg, um seine Familie zu besuchen, aber auch, um mit seinem Verleger Julius Campe einen neuen Verlagsvertrag abzuschließen. Im Vorfeld lässt er seine Mutter verschwörerisch wissen: »… und ehe Du Dich dessen versiehest, eines frühen Morgens stehe ich in Lebensgröße vor Dir. Das ist aber ein großes Geheimniß und Du darfst keiner Seele ein Wort davon sagen … und da ich auch hier niemanden davon spreche u. auch schnell reisen werde, ist von den Regierungen nichts zu fürchten.«

Am 21. Oktober 1843 bricht Heine in Paris auf, jedoch nicht ohne an diesem Tag postalisch Grüße nach Hamburg abzuschicken: »Und so sehe ich Dich bald wieder, theure Mutter! Erschrick nicht über mein verändertes Aussehn! Von Unterwegs werde ich Dir noch schreiben. Küß mir Lottchen u. die Kinder – werde Euch alle bald mündlich küssen.«

Per Postkutsche, Eisenbahn und Schiff gelangt Heine über Brüssel, Aachen, Köln, Hagen, Unna, Münster, Osnabrück und Bremen nach Hamburg, wo er am 29. Oktober 1843 eintrifft und über einen Monat bleibt.

Die länger dauernde Rückreise aus Hamburg beginnt er am 7. Dezember 1843. Sie führt ihn über Celle, Hannover, Minden, Bückeburg, Münster, Hagen, Köln und Brüssel wieder nach Paris, das er am 16. Dezember erreicht. Noch während der Fahrt hält er brieflichen Kontakt zu seiner Mutter, die ihm besorgt aufgetragen haben muss, sich regelmäßig bei ihr zu melden. Aus Köln vermeldet er: »... übermorgen gehe ich per Eisenbahn nach Bruxelles, eine bequeme Eintagsfahrt, und von da ist es ein Katzensprung nach Paris; die Reise ist also so gut wie abgemacht, und Du kannst jetzt ruhig schlafen.«

Auch nach seiner Ankunft in Paris schreibt er seiner Mutter umgehend, schließt allerdings ungeduldig und etwas genervt mit den Zeilen:

»So eben bin ich hier in Paris gesund u. glücklich angekommen u. ehe ich noch zu meiner Frau nach der Pension hinausfahre, schreibe ich Dir diese Zeilen, um die Post nicht zu versäumen. Mein Brief von Bruxelles versäumte sie, und ich benütze ihn hier als Couvert. Nun laß mich in Frieden.«

Im Juli 1844 unternimmt Heine mit seiner Frau Augustine Crescence, geborene Mirat, seine zweite und letzte Deutschlandreise. Von Le Havre aus erreichen sie per Schiff in zwei Tagen die Hansestadt. Der Mutter meldet er, dass er die Reise mit seiner Frau und dem Papagei Cocotte über Land mache, um sie nicht zu beunruhigen. Der Schwester Charlotte gegenüber ist er jedoch aufrichtig und teilt ihr mit:

»Gestern habe ich der lieben Mutter geschrieben, und ihr gemeldet, daß ich die Reise nach Hamburg per Land und zwar über Antwerpen mache. Jetzt also wird sie nicht mehr bey jedem Windzug zittern. Dir aber, liebes Lottchen, sage ich heute die Wahrheit ... Die Mutter braucht nichts zu wissen, bis ich gesund und wohl mit meiner Ehehälfte angelangt bin. Es ist die schönste Jahrzeit zum Seereisen und außer der Seekrankheit ist auch nicht das gringste zu besorgen.«

Im Oktober 1844 reist er mit dem Dampfschiff zurück nach Amsterdam und von dort weiter auf dem Landweg über Den Haag und Brüssel nach Paris.

Erste Textbausteine für Heines berühmtes Werk *Deutschland. Ein Wintermährchen* müssen noch während der Fahrt entstanden sein. Die gefährliche Ware, die ohne Weiteres Opfer der Obrigkeit hätte werden können, gelangt in die Obhut seiner Schwester Charlotte. Diesen ersten Arbeiten folgen 1843/44 drei große Bearbeitungsschritte. In 27 Kapiteln und in 504 kunstvoll gereimten Strophen schildert Heines Meisterwerk satirisch die reaktionären Verhältnisse und die politische Unterdrückung in Deutschland. Die Obrigkeit belegt diese Zeitkritik mit scharfen Sanktionen: Heine wird steckbrieflich gesucht, das Werk flächendeckend verboten und beschlagnahmt; selbst Rezensionen unterdrücken die Zensurbehörden.

Zugleich legt das Versepos aber auch Zeugnis ab von Heines ungebrochener Heimatliebe. Einen Abschnitt widmet er dem Wiedersehen mit seiner Mutter: In einem ritualisierten Frage-Antwort-Spiel versucht seine Mutter, möglichst viel Persönliches von ihm zu erfahren, während der Sohn kunstvoll und nicht minder rätselhaft ausweicht. Betty Heine scheint eine überaus neugierige Frau gewesen zu sein. So gesteht seine Nichte Anna Embden, Tochter seiner Schwester Charlotte, Heine einmal: »Großmutter liebe ich sehr, die gute Frau fragt einem nur die Seele aus.«

Die literarisch ausgestaltete Mutter-Sohn-Begegnung ist in die Forschung als »Apfelsinengleichnis« eingegangen. Im Text heißt es:

»Mein liebes Kind! und wirst du auch
Recht sorgsam gepflegt in der Fremde?
Versteht deine Frau die Haushaltung,
Und flickt sie dir Strümpfe und Hemde?«

Der Fisch ist gut, lieb Mütterlein,
Doch muß man ihn schweigend verzehren;
Man kriegt so leicht eine Grät' in den Hals,
Du darfst mich jetzt nicht stören.

Und als ich den braven Fisch verzehrt,
Die Gans ward aufgetragen.
Die Mutter frug wieder wohl dies, wohl das,
Mitunter verfängliche Fragen.

»Mein liebes Kind! in welchem Land
Läßt sich am besten leben?
Hier oder in Frankreich? Und welchem Volk
Wirst du den Vorzug geben?«

Die deutsche Gans, lieb Mütterlein,
Ist gut, jedoch die Franzosen,
Sie stopfen die Gänse besser als wir,
Auch haben sie bessere Saucen. –

Und als die Gans sich wieder empfahl,
Da machten ihre Aufwartung
Die Apfelsinen, sie schmeckten so süß,
Ganz über alle Erwartung.

Die Mutter aber fing wieder an
Zu fragen sehr vergnüglich
Nach tausend Dingen, mitunter sogar
Nach Dingen die sehr anzüglich.

»Mein liebes Kind! wie denkst du jetzt?
Treibst du noch immer aus Neigung
Die Politik? Zu welcher Parthey
Gehörst du mit Ueberzeugung?«

Die Apfelsinen, lieb Mütterlein,
Sind gut, und mit wahrem Vergnügen
Verschlucke ich den süßen Saft
Und ich lasse die Schaalen liegen.

»Der Himmel erhalte uns alle!«

Heines Krankheit

Der weitaus größte Anteil der Korrespondenz zwischen Mutter und Sohn dreht sich um die wechselseitige Erkundigung nach dem Gesundheitszustand des jeweils anderen. Während Heine sich Sorgen um die »alt Mausel« macht, wird er selbst aus der Ferne fürsorglich bemuttert. Schließlich leidet er sein Leben lang unter seiner schwächlichen Konstitution: Heine ist reizbar, sensibel, geräuschempfindlich, niedergeschlagen und hypochondrisch. Ob er an einer vererbten Krankheit des zentralen Nervensystems leidet, an Bleivergiftung, Syphilis oder an einer sklerotischen Erkrankung, ist bis heute nicht geklärt. Bereits als Student klagt er über anhaltende Kopfschmerzattacken, und schon früh sucht er in Kur- und Heilbädern oder während einer Sommerfrische Linderung für seine diversen Leiden. 1832 zeigen sich Lähmungserscheinungen im linken Arm, und fünf Jahre später treten diese am rechten Augenmuskel auf. Sein Augenleiden, mit dem Sehstörungen einhergehen, verschlimmert sich zunehmend. Seiner Mutter gegenüber spielt er seinen Zustand jedoch herunter und berichtet 1843:

»Leider ist mein Augenübel einige Zeit die Schuld gewesen, warum ich nicht schrieb. Erst seit etwa 10 Tagen kann ich wieder ordentlich sehen. Diese temporaire Belästigung hatte mich diesmal sehr beängstigt, da sie jetzt mit einer Erschlaffung der Gesichtsmuskeln auf der rechten Seite des Gesichtes, (von der Kopfspitze bis zum Kinn), verbunden war. Aber mein Augenübel scheint doch nur ein vorübergehendes Uebel zu seyn, das noch oft zu gewissen Zeiten seine Aufwartung machen wird und eben so regelmäßig verschwinden wird; die übriggebliebene Gesichtsparalisie (die aber Gottlob nicht sichtbar) wird schon etwas langsamer vertrieben werden können. Ich habe deswegen mir ein Haarseil im Nacken setzen lassen. Sonst befinde ich mich vom Herzen gesund, ja gesünder als je. Mein Uebel stört mich sehr in

Betreff meiner Arbeiten, denn ich schone mich ganz außerordentlich. Ich habe eine gute Leibeskonstituzion und hoffe noch lange auf dieser Welt mitzuspringen. Daß Du aber, theure Mutter, krank warst, beunruhigt mich nicht selten; schreibe mir bald u. viel.«

Heine versucht über die Jahre, humorvoll, scherzhaft und spöttisch mit seiner Krankheit umzugehen. Betty Heine lässt er 1847 wissen:

»Ich befinde mich heiter und wohl; klage aber gegen die ganze Welt, und wenn Du etwa hörst, daß ich in's Gras beiße, so sey überzeugt, daß ich nur in einen guten Kuchen beiße. Mit meinen Augen ist leider noch nichts geändert, es ist Krampf, der auch den Mund affizirt, und warscheinlich schwindet das durch die nervenstillende Landluft und Landruhe. Doktoren will ich gar nichts mehr an mir lassen. Ich sehe, alle diejenigen, welche diesen Winter gestorben sind, haben einen Arzt gehabt.«

Im Mai 1848 erleidet Heine einen völligen körperlichen Zusammenbruch. Doch was die Mutter kränken oder bekümmern könnte – Streit unter den Geschwistern oder das Ausmaß von Heines Krankheit –, wird ihr, wenn irgend möglich, verheimlicht, also auch diese Nachricht. Seinem Bruder Maximilian teilt er mit:

»Denk' Dir, sei es der Instinkt der mütterlichen Liebe, der mehr ahndet, als er weiß oder glauben will … meine arme Mutter, die von der Bedeutung meiner Krankheit durchaus nicht unterrichtet ist, und die ich mit falschen Nachrichten sorgsam beruhige, die arme Frau schickte mir dieser Tage einen Wechsel von 1000 Frcs mit dem Wunsche, daß ich bei meiner Krankheitspflege Nichts vernachlässigen möge und lieber etwas mehr als wenig aufgehen lassen solle; so ungefähr äußerte sie sich. Du kannst Dir leicht denken, daß ich ihr den Wechsel unverzüglich zurückschickte mit der Versicherung, daß ich hinlänglich mit Geld versorgt sei; und dennoch hatte ich an jenem Tage einen sehr luftleeren Raum in meinen Finanzen. Wäre meine Krankheit zu heilen, so hätte ich wahrscheinlich das Geld angenommen, aber unter den jetzigen Umständen wäre es fast ein Betrug an der Liebe der Alten.«

Seiner geliebten Schwester und Vertrauten Charlotte hingegen gibt er einen ungeschönten Einblick in seinen wahren Gesundheitszustand:

»... meine Frau wünschte, daß ich Dich nicht in allzugroßer Täuschung, die der Mutter wegen nöthig war, länger erhielte, damit wenn ich peigere Du Dich nicht zu sehr erschrickst. Letzteres aber, liebes Kind, wird hoffentlich nicht so bald geschehen, und ich kann mich ein Dutzend Jahre noch hinschleppen wie ich bin, leider Gottes. Bin seit 14 Tagen so gelähmt, daß ich wie ein Kind getragen werden muß; meine Beine sind wie Baumwolle. Meine Augen entsetzlich schlecht. Von Herzen aber bin ich wohl u. mein Hirn u. Magen sind gesund. Werde gut gepflegt, u. es fehlt mir gar nichts zur Bestreitung großer Krankheitskosten; ich klage aber sehr, und jammere.«

Die Vorausahnung, er werde noch viele Jahre leiden, bestätigt sich: Heine bleibt in seiner »Matratzengruft«, jenem »Grab ohne Ruhe«, schriftstellerisch produktiv, aber körperlich in einem derart jammervollen Zustand, dass sogar hohe Morphingaben nötig sind, um die schlimmsten Schmerzen zu lindern. Das eigenhändige Schreiben fällt ihm, geschüttelt von Krämpfen und gepeinigt von Sehstörungen, überaus schwer. Der Mutter jedoch schreibt er so oft eigenhändig wie nur möglich:

»Meine Augen soll der Teufel holen, und all das Quaksalbern hilft mir wenig. Nur Dir, liebe Mutter, schreibe ich eigenhändig; das Diktiren geht hier nicht an, da man sich doch mal etwas vertrauliches entschlüpfen läßt.«

Aus physischem Leidensdruck heraus wird Heine mitunter von einer Sehnsucht nach einem schnellen Tod erfasst: »Das fatale beim Sterben besteht nur darin, daß wir unsere Lieben dadurch in Kummer versetzen. Wie gerne verließe ich die Welt, dächte ich nicht an die Rathlosigkeit meiner armen Verbrengerin, an den Gram der alten Schachtel, die am Dammthor wohnt und an die Thränchen meiner Schwester, deren Adresse ich immer vergesse.«

Heine ist klar, dass sich sein »Leibesbanquerott« nicht abwenden lässt und er unheilbar krank ist. Trotzdem finden sich in der Korrespondenz immer wieder aufmunternde Formulierungen, wie »Der Himmel erhalte uns alle!«, und er zeigt sich liebevoll bekümmert um das Wohlergehen seiner Mutter.

Heines letzter erhaltener Brief an Betty vom 24. Januar 1856 lautet:

»Liebe gute Mutter!
Leider habe ich in diesem Augenblick keinen deutschen Sekretär u. ich muß Dir selbst mit Bleystift schreiben. Deßhalb kann ich aber nur wenige Zeilen an Dich richten um meine Augen zu schonen. Nur meinen Gesundheitszustand und dessen Unverschlimmerung will ich Dir anzeigen. Meine Krämpfe wollen nicht weichen. Meine Frau, die viel an Kopfschmerz leidet, grüßt herzlich. Ich umarme Lottchen u. die lieben Kinder, denen ich für ihre Gratulazion danke. Und nun reiche mir die alte liebe Schnautze, daß Dich herzlich küsse
Dein gehorsamer Sohn
H. Heine«

Heine stirbt kurz darauf, am 17. Februar 1856, in Paris. Damit tritt für Betty das lang Befürchtete ein – der Sohn stirbt vor seiner Mutter, obgleich Heine sich gewünscht hatte, ihr diesen Kummer zu ersparen.

»Die alte Frau hat mich behext«

Nachtgedanken *als literarisches Denkmal*

Nach Heines Tod erkrankt Betty Heine schwer, sicherlich aus Trauer und tief empfundenem Schmerz. Wider Erwarten erholt sie sich zwar, stirbt aber dann am 3. September 1859 an den Folgen der Cholera, die schon viele Jahre in Hamburg grassiert. Begraben wird sie nicht auf dem alten jüdischen Friedhof in Altona neben ihrem Mann Samson, den sie um 30 Jahre überlebt hat, sondern auf einem anderen Friedhof.

Heine hat seiner lieben, braven, rechtschaffenen und treuen Mutter mit seinen berühmten *Nachtgedanken* ein unauslöschliches literarisches Denkmal gesetzt.

Nachtgedanken.

Denk ich an Deutschland in der Nacht,
Dann bin ich um den Schlaf gebracht,
Ich kann nicht mehr die Augen schließen,
Und meine heißen Thränen fließen.

Die Jahre kommen und vergehn!
Seit ich die Mutter nicht gesehn
Zwölf Jahre sind schon hingegangen;
Es wächst mein Sehnen und Verlangen.

Mein Sehnen und Verlangen wächst.
Die alte Frau hat mich behext,
Ich denke immer an die alte,
Die alte Frau, die Gott erhalte!

Die alte Frau hat mich so lieb,
Und in den Briefen, die sie schrieb,
Seh' ich wie ihre Hand gezittert,
Wie tief das Mutterherz erschüttert.

Die Mutter liegt mir stets im Sinn,
Zwölf lange Jahre flossen hin,
Zwölf lange Jahre sind verflossen,
Seit ich sie nicht an's Herz geschlossen.

Deutschland hat ewigen Bestand,
Es ist ein kerngesundes Land,
Mit seinen Eichen, seinen Linden,
Werd' ich es immer wiederfinden.

Nach Deutschland lechzt' ich nicht so sehr,
Wenn nicht die Mutter dorten wär';
Das Vaterland wird nie verderben,
Jedoch die alte Frau kann sterben.

Seit ich das Land verlassen hab',
So viele sanken dort in's Grab,
Die ich geliebt – wenn ich sie zähle,
So will verbluten meine Seele.

Und zählen muß ich – Mit der Zahl
Schwillt immer höher meine Qual,
Mir ist als wälzten sich die Leichen
Auf meine Brust – Gottlob! sie weichen!

Gottlob! durch meine Fenster bricht
Französisch heit'res Tageslicht;
Es kommt mein Weib, schön wie der Morgen,
Und lächelt fort die deutschen Sorgen.

Charlotte Embden

»Ich bitte Dich, geh viel spatziren, damit Du nicht zu dick wirst! Ich bitte Dich, werde keine Hamburgerin. Grüße nur und küß mir Dein Kindchen.«

Heinrich Heine an Charlotte Embden,
31. Juli 1825

»Du, liebes Lottchen, verdientest eine ganze Ladung Schmeichelworte«

Charlotte (Sara) Embden, geborene Heine

Seiner Schwester Charlotte ist Heine sein Leben lang inniglich zugetan. Die beiden verbindet eine große Geschwisterliebe, wie bereits eines der ganz frühen noch erhaltenen privaten Dokumente zeigt. Heine schreibt diese anrührende Widmung in ihr Album:

»Wir können die Menschen füglich in zwey Classen eintheilen: 1tens Diejenigen die uns lieben; 2tens Diejenigen die uns oft und deutlich sagen, daß sie uns lieben. – Mich, liebes Lottchen, kannst Du dreist zur ersten Classe rechnen. Ich bin Dir herzlich gut; wenn ich auch nicht viel Aufhebens davon mache. Dein Bruder Harry Heine, Düsseldorff d 20 Juny 1819.«

Die Zweitgeborene Charlotte steht Heine nicht nur gegenüber den anderen Geschwistern Gustav und Maximilian am nächsten, sie ist für ihn in der gesamten Familie die engste Vertraute:

»Ich liebe Dich unaussprechlich, und schmachte danach Dich mal wiederzusehen; gibt es doch niemand auf der Welt in dessen Gesellschaft es mir wohler zu Muth wäre als in der meiner Schwester. Wir verstehen uns so gut, wir allein sind vernünftig und die ganze Welt ist meschugge.«

Der anspielungsreiche, lebhafte Briefwechsel der beiden ist angefüllt mit Anekdoten über die Familie und das Alltagsleben. Der heitere Ton Charlottes und ihr fröhlicher Charakter scheinen Heine besonders zu gefallen. Aus Lüneburg schreibt er ihr 1823:

»Ueberdies bin ich zu mißmüthig, um etwas heitres zu sagen, und Du weißt, wenn ich meine düstre Stunde habe, so laß ich mich nicht vor Dir sehen. Du sollst mich immer rosenroth sehen und sollst mich lieb haben. O, wie freut mich die Nachricht, daß Du bald herkommst! Ich höre Dich schon: wau, wau, widehuh, widehuh! Ich küsse schon im Gedanken die lieben Töne.«

Charlottes Briefe zeigen für Heine »ganz das Gepräge Deiner netten Seele, und sind wahre Bonbons für mein Herz.« Entgegen seinen sonstigen Gewohnheiten macht er ihr überschwängliche Komplimente und betont: »Du, liebes Lottchen, verdientest eine ganze Ladung Schmeichelworte.«

»Sey nachgiebig gegen Deinen Mann«

Heirat und Hausstand

Als Mädchen erhält Charlotte in Düsseldorf bei dem Musikdirektor August Friedrich Burgmüller Gesangsunterricht. Nach der Auflösung des elterlichen Geschäftes und mehreren Zwischenstationen wohnt die Familie schließlich in Lüneburg, wo Charlotte – im Gegensatz zu ihren Eltern Samson und Betty Heine, die lediglich Umgang mit ihren jüdischen Glaubensgenossen haben – Anschluss an die überschaubaren bürgerlichen Kreise findet. Nicht zuletzt, weil sie mit ihrer schönen Gesangsstimme bei geselligen Veranstaltungen unterhält. Auch Heine bleibt 1823 für mehrere Monate in Lüneburg und findet, vermittelt durch seinen Studienfreund Rudolf Christiani, Einlass in die kleinstädtischen Kreise, vor allen Dingen in die Männergesellschaft »Klub von 1785«.

Dennoch sind die Umstände für die Familie, die in einem Patrizierhaus im Renaissancestil wohnt, alles andere als rosig. Heine beklagt sich über Ausgrenzung und »großes Rischeß«, also über Judenhass. Auch das kulturelle Leben lässt in seinen Augen sehr zu wünschen übrig: »Bildung ist hier gar keine; ich glaube auf dem Rathhause steht ein Culturableiter.« Charlotte ist mittlerweile zu einer jungen Frau im heiratsfähigen Alter herangewachsen und geht eine Bindung zu dem zehn Jahre älteren Hamburger Kaufmann Moritz Embden ein. Den weitläufigen Verwandten kennt sie nicht besonders gut – die Verbindung scheint von der Familie arrangiert worden zu sein. Heine schreibt zur Verlobung an Moritz Embden:

»Ich hoffe, daß Sie und meine Schwester ein glückliches Paar seyn werden, da Lottchen im Stande ist den Werth Ihres Charakters zu fühlen, und da auch Sie den Charakter meiner Schwester zu würdigen verstehen; weil

Sie gewiß nicht, wie unsre verbildete schöne Welt, an einem Weibe einseitig hervorstechende Vorzüge des Verstandes oder des Herzens oder des Körpers schätzen, und weil Sie gewiß, wie ich Sie beurtheile, nur im schönen Ebenmaße aller Seelenkräfte die wahre Bildung, und in der Harmonie von Seele und Körper die wahre Liebenswürdigkeit erkennen. Mein Lottchen ist Musik, ganz Ebenmaß und Harmonie – der Bruder braucht sich gegen den Bräutigam solcher Ausdrücke nicht zu enthalten.«

Im Juni 1823 heiratet das Paar – Heine ist bei der Hochzeit zugegen –, und die Feierlichkeiten finden, bezahlt von Onkel Salomon, von dem die Familie finanziell abhängt, auf dem »Zollenspieker« am Ostufer der Elbe kurz vor Harburg statt. Der neu gegründete Hamburger Hausstand von Charlotte wird von der Mutter aus der Lüneburger Ferne kritisch beäugt, sie gibt brieflich Tipps zum Umgang mit den Dienstmädchen und Hinweise zur guten Speisenzubereitung. Von einem Besuch in Hamburg muss Heine der neugierigen Mutter ausführlich berichten, wovon er dann wiederum dem frischgebackenen Ehepaar brieflich Kenntnis gibt:

»Ich konnte mit Freude erzählen, daß Sie, lieber Emden, meine Schwester herzlich lieben, beständig Sorge für sie tragen, ihre Schwächen ertragen, ihre Caprizchen männlich ertragen, die eigenen Caprizen gerne ablegen, und sich immer als braver Ehemann zeigen. Wahrlich, meine Freunde, Eure kleinen Scharmützel rechne ich für nichts, das ist überall; der höchste Moment der Ehe ist ein Kampf, sogar ein blutiger; und es hat nichts zu sagen, daß die Frau dem Manne die Zähne zeigt, wenn sie nur hübsch weiß sind, daß sie Thränen weint, wenn es sie nur gut kleidet, und daß sie unwillig mit den Füßchen trampelt, wenn diese nur hübsch klein sind. Und was gibt es schöneres als die Versöhnung!«

Die Beziehung Heines zu Moritz Embden scheint dennoch von Beginn an getrübt gewesen zu sein. Trotzdem hofft Heine auf ein harmonisches Verhältnis:

»Ja, lieber Emden, Ihr Herz ist zwar sehr eckig aber es ist gut; und was Ihren übrigen Charakter betrift, so muste ich diesen immer mehr u. mehr achten u. lieb gewinnen, obschon seine Schroffheiten ungewöhnlich sind und mein Charakter anders gebaut ist. Ich hoffe, daß wir uns in der Folge gemüthlich näher treten mögen, und daß auch Sie das Gute, was oft sehr versteckt in mir liegt, herausfinden und anerkennen werden.«

Auch gegenüber seiner Schwester betont Heine die charakterlichen Differenzen zwischen ihm und seinem Schwager:

»Sey nachgiebig gegen Deinen Mann, er ist wahrhaftig ein seelenguter Mensch. Wir beide unterscheiden uns darin, daß bey ihm, in seinem Kopfe, die Schrauben zu fest geschraubt sind, u. daß sie bey mir zu lose geschraubt sind.«

»Dein Mann kam nicht zu Tisch«

Bruder und Bräutigam

Trotz des humorvollen Tons bleibt das Verhältnis zwischen Heine und Moritz Embden angespannt. Zum einen scheint Embden das herzliche Verhältnis der Geschwister argwöhnisch zu beäugen – deshalb sendet Heine Briefe an seine Schwester bevorzugt über die Adresse der Mutter –, zum anderen verdächtigt Heine ihn, bei seinem Onkel Salomon Intrigen zu spinnen.

Nicht verwunderlich ist daher, dass ein der Schwester gewidmetes, von Heine gedichtetes Albumblatt vom Dezember 1823 eine Situation entwirft, in der ihr Mann »nicht zu Tisch« kommt und die beiden Geschwister sich über ihre Kindheit austauschen und das Essen voller Wonne zu zweit genießen. In *An meine Schwester* heißt es:

Du kochtest für uns beide
Und decktest ernsthaft den Tisch,
Auf Puppentellerchen kamen
Kalbsbraten, Geflügel und Fisch.

Kalbsbraten war von Kuchen,
Geflügel von Walnusskern,
Die Fische waren von Aepfeln,
Ich aß und lobte sie gern. –

Wir sind jetzt größer geworden,
Und Du hast geheurathet gar!
Jedoch die alten Spiele
Erneuen sich wunderbar.

Jüngst war ich bey dir zu Gaste,
Dein Mann kam nicht zu Tisch,
Wir saßen allein und speisten
Kalbsbraten, Geflügel und Fisch.

Ich lobte deine Küche,
Und Du hast schelmisch gelacht;
An's alte Kochen-Spielen
Hab' ich sogleich gedacht.

Entstanden ist der Text in Lüneburg, wie Heine seine Schwester per Brief wissen lässt: »Die Lüneburger Heide ist ⅓ von der Ewigkeit u. hat mich hinlänglich gelangweilt, u. aus Langeweile machte ich Verse, auch Verse an Dich gerichtet, welche ich Dir vielleicht mal mittheile. Es sind nur ein paar Strophen.« Eine veränderte Fassung des Gedichts *Mein Kind, wir waren Kinder*, in der auch die Anspielung auf Moritz Embden gestrichen ist, wird 1826 in Band I der *Reisebilder* gedruckt.

»Zeigt sich bey Dir noch kein Vorgebirge der guten Hoffnung?«

Charlottes Mutterfreuden

Betty Heine sorgt sich indes aus der Lüneburger Ferne nicht nur um den in ihren Augen richtigen Umgang mit Dienstmädchen. Einer ihrer vordringlichen Gedanken gilt der baldigen Zeugung von Nachwuchs, vermutlich aus Vorfreude, Großmutter zu werden, aber auch, um die Ehe quasi endgültig und unverbrüchlich zu besiegeln und damit Charlottes sozialen Stand zu sichern. Heine schreibt dem jungen Ehepaar:

»Doch tröstete ich Mutter und versicherte, daß Sie, Moriz, dennoch alles mögliche thun werden die großmütterlichen Hoffnungen zu erfüllen, obschon Sie schon so viele Mühe dabey verloren. Ich habe viel von Euch erzählen müssen, wie Ihr Euch wohl vorstellen könnt. Die Daumschrauben wurden mir gehörig angelegt.«

Aber in anderen Briefen, die er an seine Schwester richtet, fragt auch Heine neugierig: »Zeigt sich bey Dir noch kein Vorgebirge der guten Hoffnung?« Er denke oft an Charlottes »Kalbereymisere«. Im Mai 1824, als Charlotte mit ihrer ersten Tochter Marie schwanger ist, schreibt er ihr neckend, mittlerweile aus der Universitätsstadt Göttingen:

»Wann gedenkst Du niederzukommen? Siehst Du jetzt,

wie gut es ist wenn man rechnen gelernt hat? Schone Dich nur, laufe nicht zuviel, nasche nichts während Deiner Schwangerschaft sonst wird Dein Kind ein Näscher, auch lese jetzt keine Verse, sonst wird das Kind das Du bekommst, ein Poet, – welches wohl ein großes Unglück genannt werden kann.«

Obwohl sich Heine gefreut hatte, die Langeweile Lüneburgs gegen das akademische Leben in Göttingen – »endlich Göttingen« – zu tauschen, macht ihm der »gelehrte Kuhstall« zu schaffen, wie er sein »liebes Lottchen« wissen lässt:

»Meine Muse trägt einen Maulkorb damit sie mich beym juristischen Strohdreschen mit ihren Melodien nicht stöhre. Doch habe ich unlängst einen Cyklus kleiner Gedichte für den Gesellschafter abgeschickt, und gab Order, daß man Dir vom Abdruck desselben zwey Exemplare nach Hamb. schicke …«

Heines Gedanken weilen noch das gesamte Jahr oftmals bei seiner schwangeren Schwester, der er von einer Reise berichtet:

»Eben im Harzgebirge war es, wo ich bey meiner Hinreise eine Dame sah, die Dir sehr ähnlich war, in Gesichtszügen und im ganzen Wesen. Ich fuhr nehml. von Stollberg nach Harzgerode, über einen hohen schneebedeckten Berg, wo der Wagen jeden Augenblick umzufallen drohte, eine Lebensgefährliche, traurige Tour. Als wir nun um Mitternacht nach dem Harzgeroder Posthause gelangten, fanden wir die helle Stube mit

Passagieren gefüllt, die theils mit anderen Postwagen, theils mit Extra gekommen waren, u. dort Caffe tranken, ihre Pelze an und auszogen, mit dem Postmeister laut zankten, über das Wetter fluchten und Katzenjammergesichter schnitten. Am Ofen, der nicht besonders warm war, saß eine wunderschöne Frau, die sehr vornehm aber auch höchst verdrießlich schien, und präzise so aussah wie Du wenn Du ärgerlicher Stimmung bist. Nein, sie sah wie die Verdrießlichkeit selbst aus, als sie von unserm Postillion erfuhr: daß der Weg nach Stollberg so schlecht sey …«

Die »Ahnung oheimlicher Gefühle«, von der Heine seiner Schwester in einem weiteren Brief berichtet, wird durch die Geburt von Heines Nichte Marie gekrönt. Im August 1824 gratuliert Heine Moritz Embden in einem Brief:

»Mit welcher Angst habe ich darauf gewartet! Ich gratuliere Ihnen zu dem kleinen süßen Töchterchen, und wünsche, daß es seiner kleinen süßen Mutter ähnlich werde … Ich habe seit einiger Zeit mit großer Freude wahrgenommen, daß Sie, lieber Moriz, täglich mehr und mehr das Geheimniß ergründen wie man mit unserem lieben Lottchen glücklich leben und sie selbst beglücken kann. Ich wußte wohl, daß ein so gescheuter und braver Mann wie Sie sind, am Ende hinter das Geheimniß kommen und solches anwenden würde; so wie ich auch wußte, daß ein so liebes Kind wie unser Lottchen sich immer liebenswürdig und kindlich folgsam zeigen würde wenn man sie recht behandelt, nemlich wie ein geliebtes Kind. Jetzt hat ein neues Band Euch zu Eintracht und Glück verbunden, das süße Wesen, dem Ihr beide das Leben geschenkt, wird für Euch eine neue Quelle neuer Freude und Liebe. Auch ich, lieber Moriz, bin Ihnen jetzt durch ein neues Familienband enger verbunden, Ihre Tochter ist meine Nichte. Möge der Himmel die beiden Wesen, die wir so sehr lieben, Mutter und Tochter, gesund erhalten!«

»Du armes, starkes Herz, wie viel hast Du ausstehen müssen!«

Glück und Verlust

Insgesamt bekommen Charlotte und Moritz Embden fünf Kinder: Marie, Ludwig, Anna, Helene und Liese (Elisabeth) Margarete. An die Gratulation zur Geburt der letzten Tochter schließt Heine den Wunsch an: »Ich lasse mich bey Herren Moritz Embden sehr bedanken, aber ich hoffe, daß er sich jetzt in Acht nehme und nicht öfter solche Freuden bereite.« Seit der Geburt der ersten Tochter sind bereits zehn Jahre vergangen und Heine macht sich in den ersten Wochen nach der Niederkunft des fünften Kindes verstärkt Gedanken um den Gesundheitszustand seiner Schwester. Als er länger ohne Nachrichten bleibt, beschwert er sich mit einer ordentlichen

Portion schwarzem Humor bei seiner Mutter, indem er deren Angst um seinen eigenen Gesundheitszustand anspricht:

»Ein Wochenbett ist doch kein gewöhnlicher Zustand, und da gebührte es sich wohl, daß ich etwas von dem Wohlseyn meiner Schwester erfahre. Aijah! – Ich merke, daß Euch nicht viel an mir gelegen ist, und daß ich ein Narr bin Euch zu schreiben. Ihr habt nichts zu thun, und [ich] muß doch um jede Zeile betteln. Aijah! – Ich befinde mich wohl und gesund, welches mir im Grunde leid ist; denn wäre ich krank, liebe Mutter, so würde ich es Dir heute schreiben, bloß um Dich zu ängstigen. – Wenn Ihr mich, bey so wichtigen Umständen, öfters ohne Brief laßt, kann ich wirklich krank werden. Ich habe mir fest u. steif vorgenommen recht wirklich krank zu werden, um mich an Dir wegen Deines langen Stillschweigens zu rächen. Ich fühle wirklich schon einige Diärhöe; seit zwey Minuten kullert es mir sehr stark im Bauch. Ist das vielleicht die Cholera?«

Liese, die jüngste Tochter von Charlotte und Moritz Embden, stirbt bereits im Jahr 1849. Seiner geliebten Schwester kondoliert Heine bewegt:

»Dein Brief hat mich tief erschüttert und ich habe seitdem geweint und wieder geweint, so daß ich heute fast gar nichts sehen kann. Nur ein Wort zum Trost: sterben ist kein Unglück, aber jahrenlanges Leiden ehe man es dahin bringt zu sterben. Jahrenlanges Leiden – glücklich sind die welche schnell fertig werden: *Per acquit* wie mein Vatterchen sagte, und man dreht sich herum und schläft ein und alles ist bezahlt. – Ich bin in diesem Augenblick zu leidend, als daß ich Deinem Mann besonders kondoliren könnte; ich drücke ihm schweigend die Hand. Und Du armes, starkes Herz, wie viel hast Du ausstehen müssen!«

Seinem Bruder Maximilian schreibt er, von dem Schicksalsschlag tief getroffen, voller Zuneigung über die früh gestorbene Nichte:

»Das kleine Mädchen ... war das liebenswürdigste Eichhörnchen, voll Geist, Gemüth, Gescheutigkeit und Eulenspiegelei. Ich verlor hier eine der begabtesten Leserinnen, und als meine letzte Gedichtesammlung erschien, bemerkte sie ganz richtig: »Daß der Onkel das Wort Kackstühlchen gebraucht hat, das ist ganz ncu, und das hat noch kein anderer gewagt.« – Die Kleine wird sich wundern, wenn sie den Onkel bald ankommen sieht im Himmel ...«

»Mutter ist ein Prachtstück prima Classa«

Anna

Charlottes Kinder liegen Heine allesamt am Herzen, ein besonders gutes Verhältnis hat er zu der Drittgeborenen Anna Embden. Seit Anfang der 1850er Jahre sind die überlieferten Briefe von Charlotte oftmals noch mit einer

Nachschrift von Anna versehen, wenngleich sich Anna bei Heine beschwert:

»Wenn meine Mutter nicht die abscheuliche Gewohnheit hätte, schon des Morgens vor Tagesanbruch aufzustehen, und ihre Correspondenz um 7 Uhr zu beginnen, so würde ich Dir lieber Onkel gewiß häufiger schreiben, allein ich finde stets die Briefe schon versiegelt, wenn ich des Morgens hinunter komme.«

Der Erzählton in Annas Briefen ist heiter, neckend und manchmal ebenso vergnügt wie vorlaut. Sie nennt ihre Mutter dann kurzerhand »ihr Lottchen«, das sie nach den eigenen Vorstellungen erzieht:

»Mutter ist sehr dick geworden aber noch immer eine hübsche Goye, die ich mir ganz nach meinen Willen gezogen habe. Mutter ist ein Prachtstück prima Classa, hat aber in meiner Abwesenheit kleine Nücken angenommen da Lenchen nebbich noch nicht emancipirt genug [ist] ihre Erziehung allein zu leiten – unter meiner Zucht gedeiht mein Lottchen schon wieder.«

Oftmals verwendet Anna in der Familienkorrespondenz auch Charlottes Spitznamen »Ös«:

»So eben mußte ich meinen Brief unterbrechen, da ich ganz eiligst von Mutter hinuntergerufen wurde. Sie zeigt mir den Kronleuchter mit der Bemerkung ob er nicht hin und her tanze. Ich staune sie verwundert an, sehe aber an ihrer erhöhten Gesichtsfarbe, daß Ös heimlich kalten Punsch geschickert hat. Vor Lachen konnte ich nicht sprechen, Ös schämte sich, und stimmte herzlich in mein Gelächter mit ein, daß ich mein Lottchen jedesmal noch attrapire. Ueber Lottchens Aufführung kann ich im Grunde genommen nicht klagen, es hat nebbich gar keinen eigenen Willen, und thut alles was ich will.«

Charlotte ist ihrem Bruder gegenüber bemüht, den durch Annas Schilderung entstandenen Eindruck halb ernsthaft, halb scherzhaft abzumildern:

»Nach Annas Brief zu urtheilen solltest Du glauben, daß ich eine Jungfer Zilgers geworden, aber das ist Max schuld, der wenn ich nur ein bischen rothe Backen hatte, zu den Kindern sagte, ich glaube Mutter schickert. Ich kann nicht mal starken Kaffee vertragen, so steigt mir das Blut zum Kopf, wenn Anna wüßte, daß ich mich noch vertheidigte, würde sie sich halb todt lachen. Ah ja, was steht man aus. Das sind Kinder.«

Alle drei Generationen – Betty, Charlotte und Anna – erfreuen sich trotz ihres unterschiedlichen Alters und Temperaments an Kleidern und Hüten, die Heine aus Paris, ausgewählt durch seine Frau Mathilde, nach Hamburg schickt. So berichtet Anna:

»Es war heute Nacht 7 Uhr, als ich mit Migraine erwachte, indem ich so ein ungewöhnliches Geklopf, und Hin- und Hergeschieß von meiner Mutter vernahm, hierauf hörte ich so ein gewisses Chor-Geschnubbel von, wunderbar, prachtvoll e. t. c. Natürlich sprang ich mit einem Satze zum Bette hinaus, erwischte das erste beßte Kleidungsstück, und stürzte, mit dem Ausruf: ›Wo sind die Kleider?!‹ ins Zimmer.«

»Einen großen Trost zu der ewigen Reise«

Charlottes Besuch in Paris

Als Heine krank und in seinen Bewegungen stark eingeschränkt in der »Matratzengruft« liegt, unterstützen ihn Schwester und Mutter gemeinsam aus der Ferne und lassen ihm Büchersendungen aus Leihbibliotheken zukommen:

»Ist es Euch nicht möglich mir deutsche Bücher hierherzuschicken aus der dortigen Leihbibliothek und zwar mittelst des Dampfbootes, welches sie auch zurückbringen könnte? Ich möchte mir manchmal etwas Deutsches vorlesen lassen und da ich aus der Buchhandlung hier nie das erhalte, was ich verlange und auch keine Leihbibliothek hier ist, so muß ich auf einen Ausweg bedacht sein.«

Vermittelt durch die Literatur holt sich Heine die Welt in sein Pariser Krankenzimmer. Eine andere Möglichkeit, an dieser Anteil zu nehmen, bieten ihm die zahlreichen Krankenbesuche, die ihm vor allen Dingen Journalisten abstatten, um über den mittlerweile berühmten Dichter zu berichten. Auch seine Schwester möchte den Schwerstkranken besuchen, aber ihr Bruder Maximilian nimmt sie nicht mit. Stichelnd kommentiert Charlotte den Besuch Maximilians, der in der Familienkorrespondenz öfters »Hünergeschiss« genannt wird:

»Bald wirst Du Dein Mäxchen sehen, wie wirst Du

Dich aber wundern, wie Hünergeschiss breit geworden ist, mitnehmen will er mich nicht; ich denke Du kommst noch eher zu uns, wie ich zu Dir.«

Heine jedoch ist nicht mehr reisefähig. Er bittet seinen Bruder Gustav im Sommer 1855 darum, bei Moritz Embden ein gutes Wort für ihn einzulegen:

»Ich war nämlich diesen ganzen Winter hindurch oft so krank, daß ich meinem Ende entgegensah und ich oft im Begriff war an Lottchen zu schreiben, daß sie hierherkommen möge, um sich vor meinem Ableben mit mir noch einmal zu besprechen und mir dadurch einen großen Trost zu der ewigen Reise zu bereiten. Mein Zustand ist etwas besser seitdem, aber doch noch beängstigend genug und wenn Du wirklich nach Paris reisen willst, so bitte ich Dich über Hamburg zu reisen um mir Lottchen mit hierher zu bringen; denn ohne Deinen Machtspruch und Deinen positiven Willen läßt man sie dort nicht herkommen. Sie wird Dich hier keinen Sous kosten, indem meine Frau ihr in meiner Wohnung schon ihr Zimmer bereit hält, und sie soll Dich auch nicht geniren, da ich sie hernach allein und frankirt nach Hamburg zurückschicke; es ist alles jetzt so leicht und sie ist kein Kind mehr um nicht mit der Eisenbahn allein nach Hamburg zu rutschen. Schreibe daher gleich nach Hamburg Deinen Willen und melde mir auch gleich umgehend, was Du beschlossen hast ... Ich bin sehr krank, liebster Bruder, u. ich bitte Dich drauf zu dringen, daß Lottchen wenigstens im Laufe dieses Sommers hierherkommt«.

Schlussendlich gelingt es Charlotte, ihn 1855 ein einziges Mal in Paris zu besuchen. Bis zu seinem Tod im Februar 1856 verwahrt Heine ein kleines Porträt von ihr in der »Matratzengruft« auf und hütet es wie seinen Augapfel. Nach seinem Ableben notiert Charlotte anekdotische Erinnerungen an ihren geliebten Bruder. Diese bleiben jedoch ungedruckt und fließen in das erste von zwei Heine-Büchern ihrer erstgeborenen Tochter Marie, verheiratete Prinzessin della Rocca, mit dem Titel *Erinnerungen an Heinrich Heine von seiner Nichte* ein. 1887 erhält Charlotte in Hamburg Besuch von der österreichischen Kaiserin Elisabeth, besser bekannt als Sisi, die als Heine-Verehrerin danach dürstet, mit seiner Schwester sprechen zu können – ein weiterer Höhepunkt in Charlottes langem Leben. Sie überlebt ihren Mann um mehr als dreißig Jahre und stirbt hochbetagt, kurz vor ihrem hundertsten Geburtstag, am 14. Oktober 1899 in Hamburg.

Betty Goldschmidt

»Also gehn Sie Herr Docter, meinen Weg, ich liebe das Schöne, das weniger Schöne lasse ich hinter, meine Frau, noch recht hübsch, aber als Mädchen wunderschön, stand am ersten von allen hübschen, nun wißen Sie warum ich vohr 39½ Jahr meine geliebte Frau zu einer Frau machte.«

Salomon Heine an Heinrich Heine,
22. November 1833

»Ein Muster von Anstand, Ehrsamkeit, Frömmigkeit und Tugend«

Betty Heine, geborene Goldschmidt

Heines Onkel Salomon, ein jüngerer Bruder von Heines verarmtem Vater Samson, bestimmt als Millionär die finanziellen Familiengeschicke: Er ist ein fleißiger und energischer Geschäftsmann, der sich als Wohltäter mit Familiensinn darzustellen weiß. Doch bisweilen zeigt er sich zu Hause als griesgrämiger Despot, der auch gegen den Neffen seine Stimme erhebt. Im Gegensatz zu Salomon wird seiner Frau Betty, geborene Goldschmidt, in der Forschung zumeist kaum Aufmerksamkeit gewidmet, obwohl sie als weiblicher Hausvorstand einer der einflussreichsten Hamburger Familien gesellschaftlich eine bedeutende Stellung innehat. Heines Verhältnis zu seiner Hamburger Verwandtschaft bleibt zeitlebens spannungsgeladen, zumal seine Familie nach dem Niedergang des väterlichen Geschäftes von der finanziellen Unterstützung durch Salomon Heine abhängig ist.

Salomon Heine und Betty Goldschmidt heiraten 1794. Betty bringt so viel Vermögen in die Ehe mit, dass ihr Mann sich wenige Jahre später am Gründungskapital des Wechsel- und Bankhauses *Moritz Heckscher & Co.* beteiligen kann, ebenjenem Bankhaus, in dessen Kontor Heine später, nämlich ab Juni 1816, eine zweijährige

Lehrzeit absolviert. 1819 schließlich macht sich Salomon Heine mit einer Million Bankomark mit einem Unternehmen direkt am Hamburger Jungfernstieg selbstständig und wird binnen kurzer Zeit der wichtigste Bankier an der Hamburger Börse, sein nachgelassenes Vermögen lässt sich auf 30 Millionen Francs schätzen.

Der Lebensmittelpunkt von Betty und Salomon Heine liegt im damals dänischen Ottensen, wo die Familie auf dem Land am Elbufer wohnt. Hier pflegt das Ehepaar mit einem offenen, gastfreundlichen Haus für hochstehende Persönlichkeiten aus Kunst und Politik eine vornehme Lebenskultur, die dem Neffen aus der Provinz fremd erscheint. Als Heine während seiner Lehrzeit bei seiner Tante und seinem Onkel weilt, beschwert er sich bei seinem Düsseldorfer Jugendfreund Christian Sethe:

»Ich lebe hier ganz isolirt ... Mein Oheim lebt auf dem Lande. Dort geht es sehr geziert und geschwänzelt zu, und der freye unbefangene Sänger sündigt sehr oft gegen die Etiquette. Diplomatisches Federvieh, Millionäre, hochweise Senatoren &c. sind keine Leut für mich.«

Zwar macht Heine bei seinen Aufenthalten in Ottensen auch Bekanntschaften, die ihn menschlich wie künstlerisch bereichern – beispielsweise durch die Begegnung mit der Dichterin und Übersetzerin Baronin Elise von Hohenhausen, die, persönlich bekannt mit Lord Byron, nicht nur Heines Interesse an dem englischen Autor weckt, sondern Heine später auch regelmäßig als Gast in ihrer Berliner Teegesellschaft empfängt –, diese bleiben aber die Ausnahme. Rückblickend herrschen für Heine negative Gefühle wie Einsamkeit und Kränkung vor, wie das Gedicht *Affrontenburg* erahnen lässt, in dem es an einer Stelle heißt:

Vermaledeiter Garten! Ach,
Da gab es nirgends eine Stätte,
Wo nicht mein Herz gekränket ward,
Wo nicht mein Aug' geweinet hätte.

Da gab's wahrhaftig keinen Baum,
Worunter nicht Beleidigungen
Mir zugefüget worden sind
Von feinen und von groben Zungen.

Mit diesen »Zungen« sind unter anderem seine Tanten Jette und Betty gemeint – auch Tante Jette wohnt in Hamburg –, denen Heine als Anstandsdamen »Madame Pieper« und »Madame Schnieper« im *Schnabelewopski* ein wenig schmeichelhaftes literarisches Zeugnis ausgestellt hat:

»Erstere war eine schöne Frau in ihren reifsten Jahren, große schwärzliche Augen, eine große weiße Stirne, schwarze falsche Locken, eine kühne altrömische Nase, und ein Maul, das eine Guillotine war für jeden guten Namen. In der That, für einen guten Namen gab es keine leichtere Hinrichtungsmaschine als Madame Piepers Maul; sie ließ ihn nicht lange zappeln, sie machte keine langwichtige Vorbereitungen; war der beste gute Name zwischen ihre Zähne gerathen, so lächelte sie nur – aber dieses Lächeln war wie ein Fallbeil, und die Ehre war abgeschnitten und fiel in den Sack. Sie war immer ein Muster von Anstand, Ehrsamkeit, Frömmigkeit und Tugend. Von Madame Schnieper ließ sich dasselbe rühmen. Es war eine zarte Frau, kleine ängstliche Brüste, gewöhnlich mit einem wehmüthig dünnen Flor umgeben, hellblonde Haare, hellblaue Augen, die entsetzlich klug hervorstachen aus dem weißen Gesichte. Es hieß man könne ihren Tritt nie hören, und wirklich, ehe man sich dessen versah, stand sie oft neben einem, und verschwand dann wieder eben so geräuschlos. Ihr Lächeln war ebenfalls tödtlich für jeden guten Namen, aber minder wie ein Beil, als vielmehr wie jener afrikanische Giftwind, von dessen Hauch schon alle Blumen verwelken; elendiglich verwelken mußte jeder gute Namen, über den sie nur leise hinlächelte. Sie war immer ein Muster von Anstand, Ehrsamkeit, Frömmigkeit und Tugend.«

»Der schönen Tante«

Heines Geburtstagsgedicht

Sieht man von dieser negativen literarischen Spiegelung von Betty im *Schnabelewopski* ab, ist Heines Verhältnis zu seiner Tante eher vielschichtig. Wie es die Erinnerungen von Heines Nichte Marie della Rocca, geborene Embden, vermuten lassen, hat sie in der Familie versöhnend gegen den Jähzorn ihres Mannes gewirkt, bisweilen auch zugunsten ihres Neffen. Salomon schreibt in einem Brief an Heine:

»Glaube Du liebst meine Frau. Hast ganz recht, das ist ein herrliches Weib. Habe nun weiter keine Zeit mich mit einem Docter und Dichter abzugeben, ich muß sehn daß was mit Brief schreiben, nicht Bücher verdiene, ich werde nun bald wider von Dir was zu lesen bekommen, lebe recht wohl, eße wenig, trinke noch weniger, nehme Dich in Acht kein Edelman zu werden …«

Heine widmet seiner Tante Betty zum 48. Geburtstag das Gedicht *Sonnenaufgang*. Die Reinschrift notiert er ins erste fertiggestellte Sonderexemplar des Bands I der *Reisebilder*:

»Folgendes Gedicht, das ich vorigen September zu Norderney schrieb, zu Ehren einer Tante, deren Geburthstag ich zu feyern gedachte, ist gewiß zu sehr verwebt in den Cyklus der vorstehenden Seebilder, als daß ich es nicht in dieses Exemplar des Buches wenigstens hineinschreiben sollte.«

Im Geburtstagsgedicht für die »schöne Tante«, das später vermutlich wegen der persönlichen Bezüge in geänderter Form Eingang in das gedruckte Werk fand, schreibt Heine:

Aber, O Sonne, purpurgeborene,
Putz' dich heut noch schöner als sonst,
Putz' dich mit all deinem besten Geschmeide,
Denn es ist heut' der Geburthstag
Der schönen Tante,
Und keinen gringeren Bothen
Als dich selber, O Sonne,
Schick' ich mit meinem Glückswunsch
An die schöne Tante.

Im Gedicht erwähnt Heine neben der Tante auch die »lieben Mädchen«, mit denen diese am Frühstückstisch sitzt. Gemeint sind damit die Töchter von Betty und Salomon, von denen 1825 nur noch Fanny, Amalie und Therese leben, denn Friederike ist bereits früh gestorben. Dem Ehepaar wurden überdies mit Hermann und Carl zwei Söhne geboren.

»Bey Gelegenheit des großen Familienunglücks«

Familienzwist nach Bettys Tod

Lebenslang scheint Betty Heine sehr auf die Etikette, die ihrer Stellung als Dame der vornehmen Gesellschaft entspricht, bedacht. Mehrfach vergisst Heine, seine Tante in Familienbriefen zu grüßen. So merkt Salomon an: »... meine Frau ist mit Recht böse«, entschuldigt seinen

Neffen aber mit: »das ist Genie«. Eindringlicher kritisiert Maximilian bei anderer Gelegenheit das säumige Verhalten seines Bruders:

»Es hat aber einen recht eklatanten Lärmen abgesetzt, daß Du in Deinem letzten Brief an Carl alle Menschen, selbst die Lüneburger Haide hast grüßen lassen, und heart – heart! – Tante Heine vergessen hast. Mir schon zu Liebe must Du so etwas ja nicht widerthun – Madame ist furieuse auf Dich! Such das gut zu machen – schon unserer Mutter wegen«.

Heines Versäumnisse bei der Familienetikette scheinen sich also auch auf seine Mutter ausgewirkt zu haben, glaubt man den Worten Maximilians.

Betty Heine, geborene Goldschmidt, stirbt am 15. Januar 1837. Wenige Tage später, am 23. Januar 1837, lässt Heine seinen Verleger Julius Campe wissen:

»Ich habe Ihnen einen langen Brief schreiben wollen, aber eine Todesnachricht, welche ich soeben erfahre (den Tod meiner Tante), betäubt mich zu sehr, als daß ich heute Ihnen zunächst aufs bündigste zeigen könnte wie sehr Sie sich irren in Ihrem letzten Briefe.«

Heine spricht noch am selben Tag Bettys Sohn Carl sein Beileid aus. Dieser Brief ist, im Gegensatz zu dem Schreiben an Campe, heute nicht mehr erhalten. Um ebendiese Kondolenzpost jedoch entflammt ein Familienstreit, in dessen Verlauf Salomon seinem Neffen Gefühlskälte vorwirft. Gegenüber seinem Bruder Maximilian kommentiert Heine die Geschehnisse so:

»An Carl habe ich längst, verflossenen Winter, bey Gelegenheit des großen Familienunglücks, in diesem Sinne, mit ganzer Liebe, geschrieben, und ich fürchte fast er hat Onkel gar nichts davon gesagt und dieser glaubt gar an Gemüthsverhärtung von meiner Seite. – Ist er so edel, so großmüthig, wie Du mir immer rühmst, ist er dieser außerordentlich edle große Mensch, so geb ich ihm ja die Gelegenheit es zu beweisen.«

Auch in einem Brief an seinen Bekannten, den Komponisten und Dirigenten Giacomo Meyerbeer, äußert sich Heine bewegt, schon fast verbittert, jedoch auf Vermittlung durch Meyerbeer hoffend:

»Grausam, empörend grausam ist aber (die Seele zittert mir vor Wuth) schändlich grausam ist aber die Interpretazion eines anderen Briefes worin ich ihm über den Verlust meiner armen Tante zu kondoliren hatte – ich versichere Ihnen mit meinem Ehrenwort es ist keine Sylbe in jenem Briefe was ihn berechtigte mich der schnödesten Gefühllosigkeit zu zeihen. Es war ein kurzgefaßter förmlicher Brief, den das entsetzliche Ereigniß mir abtrotzte und den ich in den damaligen Umständen gar nicht anders schreiben konnte; – denn kurz vorher hatte ich meinem Oheim die heiligste Versicherung gegeben, daß ich ihm in diesem Leben gar nicht mehr schreiben würde – Und nun mußte ich ihm dennoch schreiben! Eigentlich nur um das Andenken einer Frau zu ehren, die wie eine gütige Fee aus allen Erinnerungen meiner Jugend mir beständig entgegenlächelt, die mich gegen

Rohheit und Noth so oft geschützt hat, die so schön und so liebenswürdig war – nur um einer Pflicht gegen meine selige Tante zu genügen, schrieb ich jenen kurzgefaßten Brief. Sollte mein Oheim auch gegen Sie behaupten, daß sich Gefühllosigkeit darin ausgesprochen, so sagen Sie ihm nur: er möge sich von Carl Heine den Brief geben lassen, den ich demselben zu gleicher Zeit schrieb, und worin die zurückgedrängten Gefühle sich wahrscheinlich desto gewaltsamer aussprachen – Denn ich erinnere mich, als ich jenen Brief an Carl Heine beendigt hatte, fiel ich ohnmächtig nieder und Mathilde mußte mir mit Essig die Schläfe reiben und um Hülfe rufen – Ich erinnere mich, der Bruder von Detmold, der den Brief auf meinem Tische liegen sah und ihn las ward davon ganz erschüttert. Dieser Brief muß ja existiren, und Carl Heine, wenn sein Vater es ernsthaft verlangt, muß ihn vorweisen.«

Das Verhältnis zwischen Heine und seinem Onkel bewegt sich hier, wie schon so oft zuvor, zwischen Zuneigung, ungeliebter Abhängigkeit und Auflehnung. Salomon ist vom Verlust seiner Frau tief getroffen und möchte in ihrem Angedenken ein nachhaltiges Zeichen setzen. So stiftet er – verbunden mit der Auflage, an Betty Heine, geborene Goldschmidt, zu erinnern – stattliche 80 000 Bankomark für den Neubau des israelitischen Krankenhauses in Hamburg.

3

Geliebte Wesen

»Die Engel die nennen es Himmelsfreud,
Die Teufel die nennen es Höllenleid,
Die Menschen die nennen es: Liebe!«

Amalie Friedländer

»Ja wenn die weitklaffende Todeswunde meines Herzens sprechen könnte, so spräche sie: ich lache. Aber oben in der Eckloge sitzt ein gar hübschgeputztes Sonntagspüppchen, bey dessen Fabrikation der himmlische Kunstdrechsler sich selbst übertroffen. Dieses wunderliebe Frätzchen sollte doch nicht lachen, u. es wäre mir sogar lieb wenn diverse Kristalltröpfchen aus diesen zwey Aquatophanaäuglein hervorquöllen. Ja, das ist die Klippe, woran mein Verstand gescheitert ist, u. die ich dennoch in Todesangst umklammern möchte. Es ist eine alte Geschichte.«

Heinrich Heine an Heinrich Straube,
Anfang März 1821

»Mit ihr kehrt auch meine Muse zurück«

Amalie Friedländer, geborene Heine

Seinen Hamburger Cousinen ist Heine herzlich zugetan, und so nennt er sie im Widmungsgedicht an seine Tante »liebe Mädchen«. Ob sein Herz jedoch für alle vier nacheinander entflammt ist, wie bisweilen behauptet wird, bleibt Spekulation. Herzensgegenstand seiner jugendlichen Schwärmerei ist aber auf jeden Fall die dritte Tochter von Onkel Salomon und Tante Betty, Amalie. Sie hatte er bereits 1814 in Düsseldorf kennengelernt, als sie gemeinsam mit ihrem Vater den Verwandten im Rheinland einen Besuch abstattete.

Nachdem Heine im Sommer 1816 seine Ausbildung und Tätigkeit im Kontor des Bankhauses von Salomon Heine aufgenommen hat, wird »der Neffe vom großen (???) Heine ... zwar überall gern gesehen und empfangen; schöne Mädchen schielen nach ihm hin, und die Busentücher steigen höher, und die Mütter kalkulieren«, doch wie er einsam und etwas niedergeschlagen bemerkt: »Niemand bleibt mir übrig als ich selbst.« Seinem Jugendfreund Christian Sethe schreibt er aus der Hansestadt: »Bin mein eigener Herr, und steh so ganz für mich allein, und steh so stolz und fest und hoch, u. schau die Menschen tief unter mir so klein, so zwergenklein; und hab' meine Freude dran. Christian, Du kennst ja den eiteln Prahlhans? Doch:

Wenn die Stunde kommt wo das Herz mir schwillt,
Und blühender Zauber dem Busen entquillt,
Dann greif ich zum Griffel rasch u. wild,
Und mahle mit Worten das Zaubergebild.

Aber auch verwünschte Prahlerey, es scheint als sey mir die Muse untreu geworden, u. habe mich allein nach Norden ziehen lassen, u. sey zurück geblieben. Ist auch ein Weib. Oder fürchtet sie sich vor die furchtbaren Handelsanstalten die ich mache? Wahr ist es, es ist ein verludertes Kaufmannsnest hier. Huren genug, aber keine Musen.« Heine ist aber dennoch zuversichtlich, dass ihn seine Muse und damit die Poesie wieder in ihre Arme schließt, und so beendet er den Brief überschwänglich mit den Worten: »… in 4 Wochen sehe ich Molly. Mit ihr kehrt auch meine Muse zurück. Seit 2 Jahr hab ich sie nicht gesehen. Altes Herz was freust du dich u. schlägst so laut!«

Mit »Molly« ist seine Cousine Amalie gemeint. Heine hatte, so scheint es, eine große Vorliebe für Frauennamen, die mit »M« anfangen. Drei geliebte Frauen, die seinen Lebenslauf ebenso beeinflusst haben wie sein Werk, sind jeweils von ihm umbenannt worden – allesamt erhielten sie einen Namen mit »M«: »Molly« für seine Jugendliebe Amalie Friedländer, »Mathilde« für seine Ehefrau Augustine Crescence Mirat und »Mouche« für seine Verehrerin Elise Krinitz.

»Schon beym ersten Stein habe ich die Königin verloren«

Zurückweisung und Liebeskummer

Die Liebe Heines zu Amalie bleibt unerfüllt. Schon bald erfährt Heine eine klare Zurückweisung, vermutlich aus dem Mund der angebeteten Millionärstochter selbst. Die Ablehnung durch die sozial höhergestellte Amalie trifft ihn tief. Auch wenn er um die Vergeblichkeit seines Liebeswerbens weiß, ist Heine zwischen Liebestaumel und Verzweiflung, zwischen Hoffen und Bangen hin- und hergerissen. Ausdruck dieser steten Ungewissheit ist ein außergewöhnlich langer Brief an Christian Sethe, der mit den verzweifelten Zeilen beginnt: »Sie liebt mich nicht! – Mußt, lieber Christian, dieses letzte Wörtchen ganz leise, leise aussprechen. In den ersten Wörtchen liegt der ewig lebendige Himmel, aber auch in dem letzten liegt die ewig lebendige Hölle.«

Heine zeigt sich von seinem Liebeskummer geistig und körperlich stark mitgenommen. Mehrfach weist er seinen Jugendfreund darauf hin, dass er kaum wiederzuerkennen ist: »Verbrenn den Brief Gott sey meiner armen Seele gnädig. – Ich habe diese Worte nicht geschrieben. – Da saß ein bleicher Mensch auf meinem Stuhl, der hat sie geschrieben. Das kommt weil es Mitternacht ist. – O Gott! Wahnsinn sündigt nicht.«

In Heines Kopf existiert weiterhin die zerbrechliche, auf tönernen Füßen stehende Phantasie, Amalie doch noch für sich gewinnen zu können:

»Du! Du! hauche nicht zu stark; da hab ich eben ein wunderhüpsches Kartenhaus aufgeschichtet, und ganz oben auf steh Ich und halte sie im Arm … Ich bin ein wahnsinniger SchachSpieler. Schon beym ersten Stein habe ich die Königin verloren, und doch spiel ich noch, u. spiele – um die Königin.«

Voller Sehnsucht notiert er: »Entfernt von ihr, lange Jahre glühende Sehnsucht im Herzen tragen, das ist Höllenqual, und drängt höllisches Schmerzgeschrey hervor. Aber, in ihrer Nähe seyn, und doch ewig lange Wochen nach ihrem alleinseeligmachenden Anblick oft vergebens schmachten …«

Viel Gelegenheit, Amalie zu sehen, hat Heine nicht. Umso ausgiebiger wirft er sich in die Arme der Muse Poesie, wie er Christian Sethe schreibt:

»Sie ist mir eine getreue tröstende Freundin geworden, die ist so heimlich süß und ich liebe sie recht inniglich … Ich dichte viel; denn ich habe Zeit genug, und die ungeheuren Handelsspekulationen machen mir nicht viel zu schaffen; – Ob meine jetzigen Poesien besser sind als die früheren weiß ich nicht; nur das ist gewiß, daß sie viel sanfter und süßer sind; wie in Honig getauchter Schmerz.«

Die entstehenden Minnelieder will Heine veröffentlichen, wenngleich er weiß, dass dies eine »Schwerenothssache« sein würde. Einerseits, weil er damit erstmals als dichtender Jude in die Öffentlichkeit treten müsste, was damals vermutlich von vielen Hamburger Bürgern abwertend quittiert worden wäre. Andererseits, weil die Publikation von Lyrik für seinen Ruf als seriöser Kaufmann hätte schädlich sein können. Gegenüber Christian Sethe klagt er: »Du kennst nicht den Geist, der hier herrscht … daß in dieser Schacherstadt nicht das mindeste Gefühl für Poesie zu finden ist …«

Im Februar 1817 schließlich druckt der *Hamburger Wächter* unter einem Pseudonym *Zwey Lieder der Minne* ab. Hinter dem Verfasser »Sy. Freudhold Riesenharf« verbirgt sich, schüttelt man die Buchstaben nur gehörig durcheinander, der Name »Harry Heine Dusseldorff«. Die Minnelieder mit ritterlichem Personal sind wehmütig und greifen unterschiedliche Traditionen, unter anderem aus der abendländischen Liebesdichtung, auf. Auch wenn Heine um die Aussichtslosigkeit seiner Schwärmerei weiß, notiert er im November 1817 auf ein Albumblatt für Amalie: »Aber mein letzter Wunsch ist immer: Sie recht glücklich zu wissen.«

»Ein weiblicher Schatten«

Nach Amalies Heirat

Heines Hoffnung, die Zuneigung zu seiner Cousine Amalie könnte in eine Verbindung münden, wird endgültig zunichte gemacht, als Amalie Heine am 15. August 1821 standesgemäß den ostpreußischen Gutsbesitzer Jonathan Friedländer heiratet. Dennoch bleibt die unerwiderte Liebe zu ihr in Heines Werk vielfach präsent: Sie tritt in Gedichten, Dramen und Prosatexten zutage, nur dass Amalie hier Agnes, Bertha, Evelina, Maria, Ottilie oder Zuleima heißt. Als Ideal formt sie das literarische Urbild der schmachvollen und quälenden Zurückweisung, sie ist »ein weiblicher Schatten, der jetzt nur noch in meinen Gedichten lebt«, wie Heine es gegenüber Christian Sethe ausdrückt. Gegen eine eindimensional biographische Lesart seiner Texte hat sich Heine jedoch des Öfteren gewehrt, seinen Dichterkollegen, den Theatermann Karl Leberecht Immermann beispielsweise, lässt er wissen:

»Nur etwas kann mich aufs schmerzlichste verletzen, wenn man den Geist meiner Dichtungen aus der Geschichte (Sie wissen was dieses Wort bedeutet) aus der Geschichte des Verfassers erklären will. Es kränkte mich tief und bitter als ich gestern im Briefe eines Bekannten ersah wie er sich mein ganzes poetisches Wesen aus zusammengerafften Histörchen konstruiren wollte … Wie leicht auch die Geschichte eines Dichters Aufschluß geben könnte über sein Gedicht, wie leicht sich wirklich nachweisen ließe, daß oft politische Stellung, Religion, Privathaß, Vorurtheil und Rücksichten auf sein Gedicht eingewirkt, so muß man dieses dennoch nie erwähnen, besonders nicht bey Lebzeiten des Dichters. Man entjungfert gleichsam das Gedicht, man zerreist den geheimnißvollen Schleyer desselben … Und wie wenig ist oft das äußere Gerüste unserer Geschichte mit unserer wirklichen, inneren Geschichte zusammenpassend!«

Der Einfluss von Heines Liebeskummer auf sein Werk kann zwar nicht abschließend im Detail benannt werden, dennoch sind einige Anhaltspunkte überliefert. Beispielsweise schenkt Heine seiner Cousine am Neujahrstag 1818 ein Exemplar von Adolf Müllners Schicksalsdrama *Die Schuld*. Das Stück spielt in Skandinavien und hat einen Brudermord zum Thema. Prophezeiungen einer alten Zigeunerin und Wahrheitsträume sorgen für eine nahezu unausweichliche Abfolge von Schuld und Sühne. Der junge Heine hat das Stück sehr bewundert, und auch die Reaktion von Amalie auf das Geschenk zeigt, dass es einen bleibenden Eindruck hinterlassen hat, wie er Adolf Müllner schreibt:

»Wenn ich Dichter geworden bin, so war Ew Wohlgb Schuld schuld dran. Diese war mein Lieblingsbüchlein, u. ich hatte dieses so lieb, daß ich es als Liebesgeschenk der Geliebten verehrte. Schreiben Sie auch so etwas, sagte die Holde mit spöttischem Tone. Versteht sich, daß ich hoch und theuer versicherte noch etwas besseres zu schreiben. Aber Ew Wohlgb können es mir aufs Wort glauben, daß es mir bis auf dieser Stunde noch nicht gelingen wollte meine Versicherung zu erfüllen. Indessen zweifle ich nicht im Gringsten, daß ich in einigen Jahren den Alleinherrscher im Reiche des Dramas von seinem Bretterthrone verdrängen werde.«

Heines Einstieg in die Gattung Drama ist also nachweislich mit seiner unglücklichen Jugendliebe zu Amalie verknüpft und hinterlässt in seiner Tragödie *William Ratcliff* eindeutige Spuren: Williams Liebe zu seiner Angebeteten Maria ist einseitig, sie weist ihren Verehrer mit Gleichgültigkeit und Hohn ab. Zudem hat William im Stück gleich drei Nebenbuhler, die alle ermordet werden, wonach auf den Brettern, die die Welt bedeuten – anders als in Heines Leben –, der Selbstmord des unglücklich Liebenden folgt.

Ganz so dramatisch hält der Autor selbst es nicht, doch scheint Heine als Reaktion auf die Abweisung durch seine Cousine Trost im Umgang mit schlechter Gesellschaft in einschlägigen Spelunken gesucht zu haben, wie ein weiteres Indiz für den Zusammenhang von Liebeskummer und dem Stück *William Ratcliff*, ein Albumblatt Heines für seinen Freund Friedrich Merckel, nahelegt:

Ich habe die süße Liebe gesucht,
Und hab' den bittern Haß gefunden,
Ich habe geseufzt, ich habe geflucht,
Ich habe geblutet aus tausend Wunden.

Auch hab' ich mich ehrlich, Tag u. Nacht,
Mit Lumpengesindel herumgetrieben,
Und als ich all diese Studien gemacht,
Da hab' ich ruhig den Ratkliff geschrieben.

»Zahnweh im Herzen«

Literarische Blütenlese

Neben *William Ratcliff* lassen sich noch weitere Texte in engerem Sinne, viele jedoch eher bei einer weitgefassten Interpretation auf die unglückliche Liebe zu Amalie zurückführen. Die erste Liebe thematisiert Heine in Band I der *Reisebilder*, hier heißt es:

Wer zum erstenmale liebt,
Sey's auch glücklos, ist ein Gott;
Aber wer zum zweitenmale
Glücklos liebt, der ist ein Narr.

Ich, ein solcher Narr, ich liebe
Wieder ohne Gegenliebe!
Sonne, Mond und Sterne lachen,
Und ich lache mit – und sterbe.

Vergebliches Lieben ist bei Heine oftmals mit Bildern von Vergehen und Sterben assoziiert, die »zaubermächt'-gen Flammen«, die wunderbar in das Herz gedrungen sind, erkalten:

Jene Flammen sind erloschen,
Und mein Herz ist kalt und trübe,
Und dies Büchlein ist die Urne
Mit der Asche meiner Liebe.

Es ist davon auszugehen, dass es in den Begegnungen zwischen Heine und Amalie eine Szene gegeben haben muss, in der sie sich eindeutig von ihm abgewendet und distanziert hat. Denn wiederholt taucht in Heines Werk der formvollendete Knicks als Abweisung anstelle einer Bekundung der Zuneigung auf. Ein Beispiel dafür ist Heines *Lyrisches Intermezzo* aus dem Frühsommer 1822:

Die Linde blühte, die Nachtigall sang,
Die Sonne lachte mit freundlicher Lust;
Da küßtest du mich, und dein Arm mich umschlang,
Da preßtest du mich an die schwellende Brust.

Die Blätter fielen, der Rabe schrie hohl,
Die Sonne grüßte verdrossenen Blicks;
Da sagten wir frostig einander: ›Lebwohl!‹
Da knixtest du höflich den höflichsten Knix.

Zurück bleibt für Heine ein Gefühl, das er in seinem Werk *Ideen. Das Buch Le Grand* einmal treffend mit »Zahnweh im Herzen« literarisch umschrieben hat:

»Sie war liebenswürdig, und Er liebte Sie; Er aber war nicht liebenswürdig, und Sie liebte ihn nicht. (Altes Stück.) Und wegen dieser dummen Geschichte haben Sie sich todtschießen wollen? Madame, wenn ein Mensch sich todtschießen will, so hat er dazu immer hinlängliche Gründe. Darauf können Sie sich verlassen. Aber ob er selbst diese Gründe kennt, das ist die Frage. Bis auf den letzten Augenblick spielen wir Comödie mit uns selber. Wir maskiren sogar unser Elend, und während wir an einer Brustwunde sterben, klagen wir über Zahnweh … Ich aber hatte Zahnweh im Herzen. Das ist ein schlimmstes Übel, und da hilft sehr gut das Füllen mit Bley und das Zahnpulver, das Barthold Schwarz erfunden hat. Wie ein Wurm nagte das Elend in meinem Herzen, und nagte …«

»Ich seh' dich an und glaub' es kaum«

Letzte Begegnung und Erinnerungsgedicht

Heine begegnet seiner Cousine Amalie vermutlich nur noch ein einziges Mal, nämlich 1827, als sie mit ihrem Mann zu Gast in Hamburg ist. Von dieser Begegnung berichtet der augenscheinlich noch immer Verletzte seinem Freund und Förderer Karl August Varnhagen von Ense:

»Ich bin im Begriff diesen Morgen eine dicke Frau zu besuchen, die ich in 11 Jahren nicht gesehen habe, und der man nachsagt ich sey einst verliebt in sie gewesen. Sie heißt Me Friedländer aus Königsberg, so zu sagen eine Cousine von mir. Den Gatten ihrer Wahl hab ich schon gestern gesehen, zum Vorgeschmack. Die gute Frau hat sich sehr geeilt und ist gestern just an dem Tage angelangt, wo auch die neue Ausgabe meiner »jungen Leiden« von Hoffmann & Campe ausgegeben worden ist. – Die Welt ist dum und fade und unerquicklich und riecht nach vertrockneten Veilchen.«

Hiernach ist uns heute noch überliefert, dass er ihr im November 1829 ein Buch schickt, vermutlich das *Buch der Lieder*, das auch einige Reminiszenzen an Amalie enthält:

»Endlich, Cousine, bin ich kein Windbeutel mehr, und kann ich Ihnen das längstversprochene Buch anbey überschicken. Ich bitte Sie solches als Gegengeschenk für das schöne marzipane Trauermonument, das Sie mir einst verehrten, zu empfangen. Ich habe diesen Morgen schreckliche Kopfschmerzen und Herzstiche, (wahrhaftig ich prale nicht) wenn das nicht schlimmer wird sehe ich Sie diesen Mittag bey Ihrem Vater, meinem lieben Onkel. Ich bin, Amalie!

Ihr ergebener
H. Heine.«

Amalie Friedländer stirbt im Juni 1838. Auf seiner Deutschlandreise 1844 besucht Heine mehrmals seine Hamburger Verwandten und nimmt die Gelegenheit wahr, auch die jüngeren unter ihnen kennenzulernen. Besonders angetan zeigt er sich von Elisabeth Friedländer, einer der beiden Töchter von Amalie aus ihrer Ehe mit Jonathan. In ihr Album schreibt Heine ein anrührendes Gedicht, das auch folgende Strophen enthält:

Ich seh' dich an und glaub' es kaum –
Es war ein schöner Rosenbaum –
Die Düfte stiegen mir lockend zu Häupten,
Daß sie mir zuweilen das Hirn betäubten –
Es blüht hervor die Erinnerung –
Ach! damals war ich närrisch und jung –
Jetzt bin ich alt und närrisch – Ein Stechen
Fühl ich im Aug' – Nun muß ich sprechen
In Reimen sogar – es wird mir schwer,
Das Herz ist voll, der Kopf ist leer!

Du kleine Cousinenknospe! es zieht
Bey deinem Anblick durch mein Gemüth
Gar seltsame Trauer, in seinen Tiefen
Erwachen Bilder die lange schliefen –
Syrenenbilder, sie schlagen auf
Die lachenden Augen, sie schwimmen herauf
Lustplätschernd – Die Schönste der Schaar
Die gleicht dir selber auf ein Haar! –

Mathilde Heine

»Meine Frau sorgt für mich u. pflegt mich wie ein Engel, aber deswegen hört sie dennoch nicht auf, einem Geschlechte anzugehören, das der liebe Gott nicht mit Vernunft erschaffen hat, d. h. zu gleicher Zeit, daß diese Weiber keine Vernunft haben und daß auch der liebe Gott sie in einer unvernünftigen Stunde erschaffen hat.«

Heinrich Heine an Gustav Heine,
15. Juli 1851

»Ein ganz vortreffliches Herz«

Mathilde Heine, geborene Augustine Crescence Mirat

Mit wirklichem Namen heißt Heines Frau nicht Mathilde. Geboren wird sie 1815 als Augustine Crescence Mirat in Vinot de la Trétoire, einem Bauerndorf östlich von Paris. Heine bemerkt jedoch in einem Brief an seine Schwester: »... ich nenne sie am liebsten Mathilde, weil der Name Creszenzia, welcher auch der ihrer Mutter ist, mir immer in der Kehle wehe that.«

Wie die beiden sich kennenlernten, darüber herrscht in der Heine-Forschung keine Einigkeit. Vermutlich kommt Mathilde als 15-Jährige nach Paris, wo sie im Schuhgeschäft einer Tante gearbeitet haben soll. Seinem französischen Übersetzer Edouard Grenier zufolge hat Heine sie mit ungefähr 18 Jahren – als blutjunge Frau also – in den Straßen der Metropole aufgegriffen. Mathilde hat keine rechte Bildung genossen, sie besitzt, auf diese Formel bringt es Heine gegenüber seiner Schwester Charlotte, »einen sehr schwachen Kopf, aber ein ganz vortreffliches Herz«. Außerdem ist Mathilde eine angenehme Erscheinung, voller Liebreiz und Schönheit. Viel Beachtung finden ihre Figur und das hübsche Gesicht mit den großen Augen, schneeweißen Zähnen und blutroten Lippen.

Mehrere Jahre leben Heine und Mathilde in getrennten Wohnungen, erst im Sommer 1838 zieht das Paar gemeinsam ins Montmartre-Viertel. »Ich finde diese Liaison hat Sie solider, häuslicher und sogar mildern Geistes gemacht«, kommentiert der Komponist Giacomo Meyerbeer die Verbindung und führt in seinem Brief weiter aus: »dadurch bekommen wir öfter's Produkte Ihres herrlichen Genius: Mathilde hat also auf den Dank der ganzen Litteratur Anspruch.«

Von der literarischen Bedeutung ihres Mannes scheint Mathilde keinen rechten Begriff gehabt zu haben, so bedauert beispielsweise Heines Verleger Julius Campe: »Der Eindruck den dieser Gedichteband machen wird, ist ein mächtiger und nachhaltiger: das kann ich Ihnen im Voraus sagen. Alle Dichter und Dichterlinge werden wie auf das Maul geschlagen da stehen. Schade daß Madame Mathilde die schönen Worte nicht verstehen kann, die Sie an sie gerichtet haben.«

Auch der Unterricht, den Heine Mathilde ab 1839 zwei Jahre lang in einem Pensionat zukommen lässt, scheint nur von mäßigem Erfolg gekrönt gewesen zu sein. Die wenigen handschriftlichen Briefe, die von ihr heute noch erhalten sind, belegen, wie ungelenk, angestrengt und ungeübt sie schreibt. Auch des Deutschen ist Mathilde – von einigen Formulierungen abgesehen – nicht mächtig, wenngleich Heine seiner Schwester in Aussicht stellt: »Diesen Winter soll sie auch Deutsch lernen, damit sie den Reim auf Mausche Horn und den Notar Schorn verstehen lernt. Du siehst wie ich sie bilde und wie sie bald eine Zierde unserer Familie seyn wird.«

»Meine wilde Ehe in eine zahme zu verwandeln«

Hochzeit und Eheleben

Am 31. August 1841 heiraten Heine und Mathilde in der Kirche St. Sulpice auf Wunsch Mathildes nach katholischem Ritus. Nicht zuletzt das bevorstehende Duell mit dem Kaufmann Salomon Strauß, über dessen Dreiecksverhältnis Heine Bemerkungen in der *Börne-Denkschrift* gemacht hatte, veranlasst Heine, Mathilde zu heiraten. Seinem Freund August Lewald schreibt er im Oktober nach der Eheschließung: »Daß ich einige Tage vor dem Duell, um M.'s Posizion in der Welt zu sichern, in die Nothwendigkeit gesetzt war, meine wilde Ehe in eine zahme zu verwandeln, werden Sie erfahren haben.« Bei dem Duell bleibt Strauß unversehrt, doch Heine wird leicht an der Hüfte verletzt. »Dieses eheliche Duell, welches nicht eher aufhören wird, bis einer von uns beiden getödtet, ist gewiß gefährlicher als der kurze Holmgang mit Salomon Straus aus der Frankfurter Judengasse!«, spottet Heine gegenüber Lewald.

Seiner Schwester Charlotte schreibt Heine am 13. September 1841: »Erst heute bin ich im Stande Dir offiziell meine Vermählung anzuzeigen. Den 31. August heurathete ich Mathilde Creszentia Mirat, eine hübsche junge Person mit der ich mich schon länger als sechs Jahr tagtäglich zanke. Sie ist jedoch vom edelsten und reinsten

Herzen, gut wie ein Engel, und ihre Aufführung war während den vielen Jahren unseres Zusammenlebens so untadelhaft, daß sie von allen Freunden und Bekannten als ein Muster der Sittsamkeit gerühmt wurde.«

Auch wenn es der Brief an Charlotte vermuten lässt – dem zeitgenössischen Idealbild einer treusorgenden und sparsamen Ehegattin entspricht Mathilde nicht. Denn in zahlreichen Briefen klagt Heine auch über ihre unberechenbaren Temperamentsausbrüche und ihre übermäßige Verschwendungssucht. Daher nennt er sie »mein Hausvesuv« und, weil sie sein Geld durchbringt, »Verbrengerin«. Seiner Mutter gesteht er: »Leider aber ist ihr Temperament sehr ungestüm, ihre Laune nicht gleich, und sie irritirt mich manchmal mehr als mir heilsam ist.« Seinem Bruder Gustav schreibt er:

»Über Deine Frau habe ich nichts schlimmeres gesagt, als was ich über alle Weiber u. zumal über meine eigne Gattin sage: sie quälen uns Tag u. Nacht. Jede hat dabei ihre eigne Methode. Die Deinige ächzt u. weint, die meinige zankt u. schreit; jede erreicht ihren Zweck, uns nämlich das Leben zu verbittern u. zu verkürzen. Nun ist meine Frau eine der besten, u. die Deinige ist gewiß auch ein Engel – was müssen also erst die armen Ehemänner ausstehn, die mit einer wirklichen bösen Sieben, mit einem wahren Satanas zu haushalten haben!«

»Sie ist keine Sparbüchse«

Modesinn und Verschwendungssucht

Eine besondere Vorliebe scheint Mathilde für die neueste Mode zu haben, und so hat sie sich eine grünseidene Robe angeschafft, die Heine humorvoll die »Vitzliputzli-Robe« nennt: »… ich habe ihr nämlich berechnet, daß die Robe so viel kostet wie das Honorar beträgt für das Gedicht Vitzliputzli, welches im Romancero enthalten ist. Wir leben in der größten Harmonie, im schönsten, kostspieligsten Frieden.« Auch für Pelze kann sich Mathilde begeistern, wie Heine seinem Bruder Maximilian beiläufig mitteilt: »Meine Frau läßt Dich grüßen; sie bleibt immer dieselbe; sie ist sehr liebenswürdig u. ist keine Sparbüchse. Seit einigen Tagen studirt sie Naturgeschichte, um zu erfahren welche wilden Thiere die schönsten Pelze haben.«

Aber noch lieber als für sich selbst kauft Mathilde ihrer weiblichen Verwandtschaft in Hamburg die neueste Pariser Mode. Heine lässt seine Schwester wissen: »Meine Frau hatte sich das Vergnügen gemacht, für Dich eine Robe nach dem neuesten Geschmacke, carrirt, und zwei Roben für meine Nichten, aber ganz üni, auszusuchen, und ich schicke Dir dieselben durch die Eisenbahn in einem besondern Kistchen, welches ich an Deinen Mann adressire.«

Der Modegeschmack Mathildes trifft in Hamburg auf große Begeisterung und wird bei jeder sich bietenden Gelegenheit auch gegenüber Heine selbst gelobt. Mathilde gibt allerdings nicht nur für modische Kleidung viel Geld aus, wie Heine in einem Brief an seine Mutter anmerkt: »Meine Frau befindet sich wohl und ist in diesem Augenblick sehr glücklich, da ich für die Haushaltung für eine bedeutende Summe Leinenzeug gekauft habe ... Wir leben sehr einig; d. h. ich gebe in allen Dingen nach.«

Seine Frau hat Heine einmal trefflich charakterisiert als einen »Engel, der manchmal sehr verteufelte Launen hat und die süßeste Verbrengerin die je auf dieser Welt ihren Mann gequält u. beglückt.« Mit ihrer Ausstrahlung von Vitalität und Körperlichkeit hat Mathilde ihren Mann dennoch sehr angezogen. So erklärt er seiner geliebten Mutter gegenüber einmal: »Meine Frau wird mit jedem Jahr vernünftiger und traitabler und ich habe meine Heurath noch nicht bereut. Das ist viel, in der jetzigen Zeit und in Paris, wo es schlechte Ehen wimmelt; die guten Ehen sind so rar, daß man sie in Spiritus setzen sollte.«

Zwar strapaziert Mathilde Heines finanzielle Lage nicht unerheblich, dennoch genießt das Ehepaar regelmäßige Fahrten in die Sommerfrische. Auch hiervon berichtet Heine seiner Mutter mehrfach: »Ich hab in Montmorency ein kleines Landhaus mit einem hübschen Garten; ein wahres Paradies en miniature. Meine Frau führt sich sehr liebenswürdig auf und amüsirt sich mit den Blumen.« Und: »Meine gute Katze läßt Euch herzlich grüßen. Sie ist glücklich eine Landwohnung mit einem so schönen großen Garten zu haben, wo sie von Morgens früh bis Abend spät sich mit Begießen, Früchtesammeln, Pflanzen und Pflücken beschäftigt; [sie] trägt einen großen breiten Strohhut und ist die harmloseste Liebenswürdigkeit in Person.«

So idyllisch, wie es die Schilderungen des Landlebens vermuten lassen, ging es bei dem Ehepaar Heine allerdings nicht immer zu.

»Auch keine Liebesphrasen an erfundene Idealgestalten«

Eifersucht und Nebenbuhler

Die Beziehung der beiden ist von Anfang an von großer Eifersucht auf beiden Seiten geprägt. Obwohl Mathilde nur wenig Interesse an dem Werk Heines zeigt, überliefert dieser in einem Brief an August Lewald eine Begebenheit, die, selbst wenn sie sich nicht so zugetragen haben sollte, doch symptomatisch zu sein scheint. Mathilde blickt in die französische Ausgabe der *Reisebilder* und wird beim Lesen von Heines Zeilen prompt von Eifersucht gepackt:

»Aber kaum hatte sie eine Seite drin gelesen, als sie blaß wie der Tod wurde, an allen Gliedern zitterte und mich um Gotteswillen bat, das Buch zu verschließen. Sie war nemlich auf eine verliebte Stelle drin gestoßen, und eifersüchtig wie sie ist, will sie auch nicht einmal, daß ich vor ihrer Regierung einer andern gehuldigt haben sollte; ja, ich mußte ihr versprechen, daß ich hinfüro auch keine Liebesphrasen an erfundene Idealgestalten in meinen Büchern richten wolle.«

Ob Mathilde jenseits der literarischen Frauenfiguren auch im wahren Leben Grund für ihre Eifersucht gehabt hat? Darüber lassen sich nur Vermutungen anstellen. Einerseits hat Heine – und hierauf verweisen nicht wenige Heine-Biographen – in seinem Leben durchaus Umgang mit Liebesdienerinnen in Bordellen gehabt (angeblich lässt er sich sogar Kondome aus »veilchenblauer Seide« anfertigen). Andererseits bietet sich ihm beispielsweise 1838 durch eine langwierige Darmentzündung Mathildes, die sie im Hospital auskurieren muss, die Gelegenheit zum Seitensprung mit der jungen Schauspielerin und Sängerin Jenny-Caroline Olivier, die zu dieser Zeit Heines Wohnung als Adresse in den polizeilichen Unterlagen angibt. Seinen Freund Johann Hermann Detmold informiert Heine über Mathildes Krankenhausaufenthalt und fügt vielsagend hinzu: »Ich habe also diesen Winter meine volle Freyheit, je jouis de ma pleine liberté, et j'en abuse même. Ich geh jetzt oft ins Theater; zu meinem Vergnügen! … Das maison de santé worin ich Mathilde eingekerkert, ist an der barrière St-Jaques – denken Sie sich, alle Tage muß ich diesen entsetzlichen Weg machen!«

Aber nicht nur Mathilde, sondern auch Heine selbst ist sehr eifersüchtig – bis hin zur Handgreiflichkeit. Und das nicht gänzlich ohne Grund, denn für die bezaubernde und attraktive Mathilde scheinen sich nicht nur in der Anfangsphase der Beziehung immer wieder Nebenbuhler interessiert zu haben. Der Arzt G. de Massarellos berichtet als Augenzeuge über einen Zwischenfall in einem Pariser Restaurant: »An einem Nebentisch dinirten sechs französische Studenten. Diese verfehlten nun nicht mit der schönen Nachbarin auf das auffälligste zu kokettiren und anzügliche Reden fallen zu lassen, bis endlich Heine in seiner bekanntlich gränzenlosen Eifersucht plötzlich aufstand und dem nächsten der jungen Herren eine eclatante Ohrfeige gab.«

»In Gedanken bin ich mit Dir«

Heines Briefe aus Deutschland

Heines Briefe, die er seiner Frau von seinem ersten Deutschlandaufenthalt 1843 schreibt, sind geprägt von Sehnsucht: »Gestern abend war Tanzgesellschaft bei meinem Onkel Henri. Mein Gott, wie glücklich wäre ich gewesen, wenn ich hätte zusehen können, wie Du Dich mit Deinem dicken Hintern im Kreise drehst.« Aber auch Eifersucht kommt in ihnen zum Vorschein: »Du bist meine arme, geliebte Frau, und ich hoffe, Du bist brav und vernünftig. Ich bitte Dich inständig, Dich nicht zu oft öffentlich zu zeigen und nicht in die Heilanstalt zu gehen. Ich hoffe, daß Du das Oberhaupt der Hanswürste nicht bei Dir zu Hause empfangen wirst.« Schließlich mischen sich unter die liebevoll besorgten Töne auch kontrollierende: »Ich denke immerfort an Dich, meine liebe Nonotte. Es hat mich Überwindung gekostet, Dich allein in Paris zurückzulassen, in diesem schrecklichen Abgrund! Vergiß nicht, daß mein Auge beständig auf Dir ruht; ich weiß alles, was Du tust, und was ich jetzt nicht weiß, erfahre ich später.«

Auf der zweiten Deutschlandreise wird Heine zunächst von Mathilde begleitet, diese reist aber, mit der Begründung, dass ihre Mutter im Sterben liegt, alleine zurück nach Frankreich. Schwärmerisch und liebevoll schreibt Heine seiner Frau aus Deutschland:

»Ich gebe die Hoffnung nicht auf, daß Du eines Tages meine Vorliebe für die schönen Künste teilst, da doch Dein Herz so gut darauf eingerichtet ist, schöne Dinge zu empfinden. Wenn wir in Italien sind, wirst Du die Malerei lieben, so wie Du schon Musik liebst. Ja, mein Engel, ich träume unaufhörlich von Italien, in Gedanken bin ich mit Dir bald in Neapel, bald in Rom, wo ich versuchen würde, Dein Portrait von irgendeinem talentierten Künstler malen zu lassen, damit dieses schöne Lächeln, dieser anmutige Widerschein deiner Seele, der manchmal leuchtend auf Deinen Lippen liegt, nicht durch die Verwüstungen verlorengeht, die die Zeit anrichtet. – Wenn Du aber die unvergleichlichen Gemälde von Raphael siehst, sollst Du nicht aufhören, Deinen alten Schinken von Ehemann zu lieben! Ich werde Dich immer lieben, und ich wette, die Zeit vermag Dich nicht häßlich zu machen – in meinen Augen bist Du immer jung und schön. Auf jeden Fall wirst Du immer gut bleiben – Oh, wie viele gute Eigenschaften finde ich in diesem Augenblick an Dir. Bei meiner Rückkehr werde ich Dich mehr denn je mit Lobsprüchen verdutzen!«

Vor seiner Rückkehr mischen sich unter die Liebesbriefe aber erneut Worte der Eifersucht: »Vergiß nicht, was ich Dir eingeschärft habe. Meine miserablen Deutschen wissen, daß Du in Paris bist – sei ja auf der Hut, und laß sie Dir nicht zu nahe kommen. Mein Gott, der bloße Gedanke, daß Du ohne mich in Paris bist, läßt mich erzittern. Mein armes Schäfchen, Du bist in Paris, der Hauptstadt der Werwölfe – Nimm Dich ja in acht, es gibt welche, die sehen sanftmütig aus; die schlimmste Sorte ist die, die Glacéhandschuhe trägt. Du weißt gut, Du bist nur unter dem Schutz deines treuen Schäfers, der zugleich Dein Hund ist, in Sicherheit.«

Umso überschwänglicher fällt die Freude über das Wiedersehen mit Mathilde in Frankreich aus, das Heine seiner Mutter Betty schildert: »... ich bin gestern Abend im besten Wohlseyn bey meiner lieben Frau in Paris angekommen. Ich fand sie frisch und gesund, und sie hat sich mit musterhaftem Gehorsam, ganz wie ich es ihr vorgeschrieben, aufgeführt. Wir sind beide noch wie betäubt von der Freude des Wiedersehens! Wir sehen uns mit großen Augen an, lachen, umarmen uns, sprechen von Euch, lachen wieder und der Papagey schreit dazwischen wie toll. Wie froh bin ich meine beiden Vögel wieder zu haben!«

Der besagte Papagei – angeblich behauptet Heine einmal sogar, einen Papagei von Mathilde aus Eifersucht vergiftet zu haben – scheint der Kinderersatz für das kinderlose Ehepaar Heine gewesen zu sein.

»An die Engel«

Fürsorge nach dem Tod

Mathildes vielgerühmte Schönheit lässt in Heines letzten Lebensjahren nach, und sie wird mit der Zeit dicker. Übertreibend behauptet Heine sogar, sie werde »täglich korpulenter«, und gibt an, »sie wiegt schon 180 Pfund«. Mathilde selbst klagt bei Heine, »sie sei nicht mehr so hübsch wie früher, und müsse sich daher etwas mehr putzen; ich betheure ihr das Gegentheil, hauptsächlich der Putzkosten wegen. Sie hat ihr Porträt machen lassen, ist aber gar nicht damit zufrieden; will ich Ruhe haben, so muß ich auf das Porträt schimpfen. Sie sieht aber wirklich besser aus in natura als in effigie. Manchmal aber ist mir das Bild lieber, da dasselbe nicht zehkelt.«

Egal, wie sich Heine und Mathilde gezankt haben –

sie bleibt eine konstante Begleiterin seines Lebens, um die er sich seit Anbeginn der Beziehung große Sorgen macht. »Zu andern Stunden quält mich die Angst vor der Hülflosigkeit u. Rathlosigkeit meiner Frau im Fall ich stürbe; denn sie ist unerfahren und rathlos wie ein dreyjähriges Kind!«, schreibt Heine seiner Mutter. Seinem Bruder offenbart er: »sie ist so dick, so leidend, so trampelnd, u. wird dabei täglich unerfahrener in weltlichen Dingen. Sie wundert sich, daß die Menschen so schlecht sind. Gott erhalte sie und mich, der ich ihr ebenso nöthig bin, wie sie sich selbst überflüssig ist. Das arme Wesen hat außer mir weder Kind noch Rind. Sie hat freilich ihren vieljährigen grünen Papagei, der aber sehr unzuverlässig ist u. … jedem nach dem Mund schwätzt.«

Heine möchte Mathilde auch nach seinem Tod finanziell versorgt wissen. So schließt er frühzeitig einen Vertrag über die Gesamtausgabe seiner Werke ab, der vorsieht, dass Mathilde nach seinem Tod die Zahlungen erhält. Auch sein Testament ist so aufgesetzt, dass Mathilde keine finanziellen Probleme fürchten muss.

Die sorgen- und liebevollen Gedanken, die Heine ein Leben lang mit seiner Frau verbindet, spiegeln sich besonders in den Gedichten aus dem Zyklus *Romanzero* wider, so etwa in *An die Engel*.

Das ist der böse Thanatos,
Er kommt auf einem fahlen Roß;
Ich hör' den Hufschlag, hör' den Trab,
Der dunkle Reiter holt mich ab –
Er reißt mich fort, Mathilden soll ich lassen,
O, den Gedanken kann mein Herz nicht fassen!

Sie war mir Weib und Kind zugleich,
Und geh' ich in das Schattenreich,
Wird Wittwe sie und Waise seyn!
Ich lass' in dieser Welt allein
Das Weib, das Kind das, trauend meinem Muthe,
Sorglos und treu an meinem Herzen ruhte.

Ihr Engel in den Himmelshöhn,
Vernehmt mein Schluchzen und mein Flehn;
Beschützt, wenn ich im öden Grab,
Das Weib, das ich geliebet hab';
Seyd Schild und Vögte Eurem Ebenbilde,
Beschützt, beschirmt mein armes Kind, Mathilde.

In einem der wenigen Schreiben, die von Mathilde selbst überliefert sind, einem Brief vom 8. März 1860, unterschreibt sie schlicht, ohne eigenen Namen, mit »V(euv)e Henri Heine« als »Heine-Witwe«. Sie überlebt ihren Gatten um volle 27 Jahre, sie stirbt an seinem Todestag, dem 17. Februar 1883, und wird auf dem Montmartre-Friedhof als »Frau Heine« beerdigt.

Elise Krinitz

»Du bist nicht so dumm, wie Du aussiehst; zierlich bist Du über alle Maßen, und daran erfreut sich mein Sinn. Werde ich Dich morgen sehn? Ich weiß noch nicht; denn geht es mir nicht besser, erhältst Du Contre-Ordre!«

Heinrich Heine an Elise Krinitz,
vermutlich 23. Januar 1856

»Eine gute Fee besuche mich in trüber Stunde«

Johanna Christiana Müller – Elise Krinitz –
Camille Selden – die »Mouche«

Die letzte Liebe Heines ist von einigen Geheimnissen umgeben. Dies liegt vor allen Dingen daran, dass die »Mouche« – wie Heine sie nannte – selbst dazu beigetragen hat, ihren Lebensweg zu verrätseln und sich so eine Aura des Unnahbaren zu verleihen. Beispielsweise stammt die »Mouche« nicht aus Prag, wie sie in ihren Memoiren angibt. Auch Andeutungen zu ihrer Herkunft als uneheliche Tochter des Grafen Nostitz erweisen sich als falsche Fährte. Mittlerweile gilt es auf der Basis intensiver Forschung als gesichert, dass sie 1825 als Johanna Christiana Müller im sächsischen Belgern geboren wird. Nachdem ihre Mutter im Kindbett stirbt, gibt ihr Vater, ein Webermeister, die Tochter zur Adoption frei. Das kleine Mädchen wird von dem aus Torgau stammenden Ehepaar Krinitz, das in Paris lebt, an Kindes statt angenommen und erhält eine gute Erziehung.

Elise Krinitz, wie sie nun heißt, erweist sich als begabte Pianistin, entwickelt ein großes Interesse an Literatur und erlangt durch viele Reisen eine gewisse Weltläufigkeit. Die Familie Krinitz verarmt jedoch, und Elise geht, vermutlich während eines Aufenthaltes in England, eine unglückliche Ehe oder Liaison mit einem Franzosen ein.

Von dieser Reise nach Paris zurückgekehrt, schreibt die gebildete junge Frau unter dem Namen »Margareth« an Heine und gibt sich als Verehrerin seiner Literatur zu erkennen. Schließlich lädt Heine sie in seine Wohnung ein.

Elise Krinitz selbst erzählt eine andere Geschichte: Der Komponist Johann Vesque von Püttlingen habe sie beauftragt, ein Päckchen mit Noten bei Heine abzugeben, wodurch der Kontakt zustande gekommen sei. Ob Zufall oder nicht, Heine und Elise Krinitz treffen sich Mitte Juni 1855 das erste Mal. Danach besucht sie den Schwerkranken in seiner »Matratzengruft« regelmäßig bis kurz vor seinem Tod. Heine hat zu diesem Zeitpunkt keinen festen Sekretär, weshalb die »Mouche« es übernimmt, ihm vorzulesen und ihn bei der Korrespondenz zu unterstützen. Gedichtübersetzungen, die Elise Krinitz nach eigener Aussage angefertigt haben will, sind jedoch nicht mehr erhalten.

Die halb ernsthafte, halb scherzhafte Schwärmerei zwischen den beiden ist ein Flirt zwischen Todkrankem und junger Verehrerin. Wie Mathilde, Heines Ehefrau, auf die Verbindung ihres Mannes zur »Mouche« reagiert, ist nicht belegt. Ausgehend von Mathildes Charakter ist Eifersucht aber nicht auszuschließen. Bereits Heines Brief vom 20. Juni 1855 an die »Sehr liebenswürdige und charmante Person!« zeigt, wie magisch er sich von der jungen Frau angezogen fühlt und wie sehr er auf ein Wiedersehen hofft:

»Sie haben einen äußerst vortheilhaften Eindruck hinterlassen u. ich sehne mich nach dem Vergnügen, Sie recht bald wiederzusehen. – Wenn es Ihnen möglich ist, kommen Sie schon morgen, in jedem Fall, so bald es Ihnen Ihre Zeit erlaubt, Sie kündigen sich an wie letzthin. Den ganzen Tag bin ich zu jeder Stunde bereit Sie zu empfangen. Die liebste Zeit wär' mir von 4 Uhr bis so spät Sie wollen. – Trotz meiner Augenleiden schreibe ich eigen händig, weil ich jetzt keinen vertrauten Sekretair besitze. – Ich habe viel Peinliches um die Ohren und bin sehr leidend noch immer. Ich weiß nicht, warum Ihre liebreiche Theilnahme mir so wohl thut, und ich abergläubischer Mensch mir einbilden will, eine gute Fee besuche mich in trüber Stunde. Sie war die rechte Stunde. – Oder sind Sie eine böse Fee? Ich muß das bald wissen.«

»Ich liebe Sie mit todtkranker, innigster Zärtlichkeit«

Heines letzte Geliebte

Den Kosenamen »Mouche« erhält Elise Krinitz von Heine, da sie ihre Botschaften an den verehrten Dichter mit einem Petschaft, einem Siegelstempel, auf der Siegelmasse versieht. Durch das Petschaft kommt als Muster eine Fliege auf den Siegeln zum Vorschein, das französische Wort für dieses Insekt ist »Mouche«: »Allersüßeste fine mouche! Oder soll ich Sie, statt nach dem Embleme Ihres Petschafts, nach dem Dufte Ihres Briefes tituliren? In diesem Falle müsste ich Sie holdseligste Bisamkatze nennen … Holdeste Bisamkatze, die aber zugleich so sanft ist wie eine Angorakatze, meine Lieblingsgattung – Lange Zeit liebte ich Tigerkatzen, aber die sind zu gefährlich …«, schreibt Heine seiner Angebeteten.

Immer wieder verweist Heine in der Korrespondenz auf den Kosenamen und betont etwa: »die liebe Mouche muß ich … sumsen hören«. Elise Krinitz steigt in dieses Spiel mit ein und antwortet ihm in Briefen ebenfalls mit dem Bild der Fliege: »Ich komme wieder wenn Sie wollen – bin ich nicht Ihre Mouche, und wollen Sie nicht das kleine Insect als Ihr Eigenthum betrachten? Ach – mir ist als wären Ewigkeiten vergangen seit dem letzten Mal, daß ich Sie sah! Ich küsse die lieben Hände. Mouche«.

Der Kontakt zu der jungen Frau ist für Heine ein Lichtblick und wirkt auf ihn fast wie ein Lebenselixier, obwohl oder gerade weil er in diesen letzten Monaten seines Lebens schwerstkrank ist: »Ich liebe Sie mit todtkranker, innigster Zärtlichkeit.« Krankheit und Liebe gehen in dieser Zeit eine widerstrebende Verbindung ein: »Liebe süße Seele! ich bin sehr krank, eben so sehr seelenkrank als leiblich krank. Mir wird hundsvöttisch mitgespielt …«

Mehrfach bringt er diese Zerrissenheit zu Papier und lässt seine »Mouche« beispielsweise wissen: »Ich wollte ich wäre todt oder ein gesunder Mops …«

Heines Ärger, Wut und Verzweiflung über seinen hoffnungslosen Zustand scheinen groß, zumal ihm durch diesen auch jegliche körperliche Erfüllung seiner Schwärmerei versagt bleibt. Seine erschütternde Selbstcharakterisierung trifft die Situation nur zu gut: »Ein Todter, lechzend nach den lebendigsten Lebensgenüssen!«

In seinen Gedichten *An die Mouche* betont er die Seelenverbindung mit ihr, der todkranke Dichter weiß aber auch, dass eine körperliche Vereinigung unmöglich ist. Eine Vereinigung kann nur auf geistiger Ebene durch ein Gedicht stattfinden:

Sie ist ein leidendes Kätzchen
Und Er ist krank wie ein Hund;
Ich glaube im Kopfe sind beide
Nicht sonderlich gesund.

Sie sey eine Lotosblume
Bildet die Liebste sich ein;
Doch Er, der blasse Geselle,
Vermeint der Mond zu seyn.

Vertraut sind ihre Seelen,
Doch jedem von beiden bleibt fremd
Was bey dem andern befindlich
Wohl zwischen Seel und Hemd!

Die Lotosblume erschließet
Ihr Kelchlein im Mondenlicht;
Doch statt des befruchtenden Lebens
Empfängt sie nur ein Gedicht!

Noch deutlicher wird Heine an anderer Stelle. In einem weiteren Gedicht spricht er explizit von »Lendenkraft«, die er aber wegen seines Zustands nicht mehr aufbringen kann, sodass die Beziehung der beiden eine »Gesundheitsliebe« bleiben muss, vielleicht auch, weil Heine – wie einige Forscher vermuten – an einer syphilitischen Krankheit litt:

Worte! Worte! keine Thaten!
Niemals Fleisch, geliebte Puppe,
Immer Geist und keinen Braten,
Keine Knödel in der Suppe!

Doch vielleicht ist dir zuträglich
Nimmermehr die Lendenkraft
Welche gallopiret täglich
Auf dem Roß der Leidenschaft

Ja, ich fürchte fast, es riebe
Zartes Kind, dich endlich auf
Jene wilde Jagd der Liebe
Amors *Steeple race* Wettlauf

Viel gesunder glaub ich schier
Ist für dich ein kranker Mann
Als Liebhaber, der gleich mir
Kaum ein Glied bewegen kann

Deßhalb unsrem Herzensbund
Liebste, widme deine Triebe
Solches ist dir sehr gesund,
Eine Art Gesundheitsliebe.

»Letzte Blume meines larmoyanten Herbstes«

Liebesgefühle als Lebenselixier

Heine hustet, manchmal »24 Stunden lang«, leidet unter heftigsten Kopf- und Gliederschmerzen, das rechte Augenlid fällt fast zu, er kann kaum noch sehen geschweige denn schreiben. »Ich werde den lieben Gott, der so grausam an mir handelt, bey der Thierquälergesellschaft verklagen«, kommentiert er diesen Zustand gegenüber der »Mouche«. In vielen der erhaltenen Schreiben an seine letzte Liebe muss Heine ihr krankheitsbedingt für das nächste Treffen absagen: »Ich bin sehr kopfleidend und fürchte daß dies Mißgeschick zwey Tage noch andaure – Ich eile deßhalb Ihnen wissen zu lassen, daß ich erst in der Mitte der Woche Sie sehen will um die Freude Ihres

Besuches nicht durch Kopfschmerz verkümmern zu lassen.«

Die wohl eindringlichste Nachricht lässt er ihr, verbunden mit einem ebenso traurigen wie anrührenden Geständnis seiner Liebe, im November 1855 zukommen:

»Süßeste Person!

Ich habe heut entsetzliches Kopfweh und werde wohl morgen die Nachgeburt desselben genießen müssen. – Ich sehne mich sehr nach Dir, letzte Blume meines larmoyanten Herbstes, holdselige Närrin! – Ich verharre zärtlich toll.«

Den Vergleich mit einer Blume hat Heine immer wieder ausgeschmückt:

»Holdes Herz! Das Wetter ist schlecht u. ich bin eben so schlecht, u. ich will heute meine Lotosblume keiner solchen spleentrüben Witterung aussetzen. Ach Gott! Ich gäbe Ihnen so gern einen sonnig heitern indischen Tag, wie man ihn am Ganges findet u. wie er für Lotosblumen paßt! Komme Du bald – aber wie gesagt, nicht heute – ich erwarte Sie Mittwoch Nachmittag – ich denk', das ist Ihnen recht.«

Auch Elise Krinitz verschiebt einmal ein Treffen, weil sie Husten, Schnupfen und Fieber hat. Zugleich aber versichert sie dem angebeteten Dichter ihre Liebe:

»Ach, so nahe zu sein und Sie nicht sehen zu dürfen! Und doch bin ich so glücklich – ich habe ja Ihre Bücher, ich brauche mich ja nie eigentlich von Ihnen zu trennen! Wenn ich an Ihre Werke denke, so weiß ich nicht wie ich es wage mit Ihnen mich zu unterhalten, Ihnen zu schreiben! Es wird mir dann als stände ich vor einem mächtigen Gotte, und ich kann nichts als Ihnen zu Füßen fallen, und Ihnen sagen wie wohl, wie unendlich wohl es mir ist in dieser herrlichen Welt die Sie erschaffen haben! Ach ich liebe Sie so unendlich!«

Insbesondere in diesem Brief wird die uneingeschränkte Bewunderung von Elise Krinitz für Heine deutlich. Ihre Verehrung mutet an wie der Kult um einen literarischen Popstar, der Heine zu diesem Zeitpunkt bereits gewesen ist. Er selbst zeigt sich in der Ausschmückung seiner Zuneigung wesentlich phantasievoller, wie beispielsweise seine variierenden Unterschriften belegen. So unterzeichnet er einmal mit »Dein armer Freund Nebukatnetzar II. (Ich bin nemlich eben so wahnsinnig wie der babylonische König und esse nur gehacktes Gras, welches meine Köchin Spinat nennt.)« oder mit »Denk ein bissel an mich, dumme Canzel. Dein unterthänigster Hansel.«

Seinen Brief an die »Mouche« zum letzten Jahreswechsel 1855/1856, den Heine erleben wird, unterschreibt er gleich mit drei Namen:

»Liebstes Kind!

Ich gratulire Dir zum neuen Jahr und schicke Dir anbey eine Schachtel Chocolade – die wenigstens de bon goût ist. Ich weiß sehr gut, daß es Dir nicht ganz recht ist, wenn ich dergleichen Convenienzen beobachte, aber es geschieht auch unserer äußeren Umgebung wegen, die in der Nichtbeobachtung der üblichen Aufmerksamkeiten einen Mangel an wechselseitiger Estime sehen würde. Ich liebe Dich so sehr, daß ich für meine Person garnicht nöthig hätte, Dich zu estimiren. Du bist meine liebe Mouche und ich fühle minder meine Schmerzen, wenn ich an Deine Zierlichkeit, an die Anmuth Deines Geistes denke. Leider kann ich nichts für Dich thun, als Dir solche Worte, ›Gemünzte Luft‹ sagen. Meine besten Wünsche zum neuen Jahr – ich spreche sie nicht aus, Worte! Worte! Ich bin vielleicht morgen im Stande, meine Mouche zu sehen, dann laß ich es ihr wissen. Jedenfalls aber kommt sie übermorgen (Donnerstag) zu ihrem

Nebukatnetzar II
ehemaliger königl Preuß Atheist
jetzt aber Lotosblumen Anbeter.«

Nur wenige Tage vor seinem Tod am 16. Februar 1856 besucht ihn Elise Krinitz ein letztes Mal.

»Dich fesselt mein Gedankenbann«

Nach Heines Tod

Aus den ergreifenden und sehr persönlichen Gedichten Heines *An die Mouche* aus der Zeit seiner »Matratzengruft« stammen die folgenden Zeilen, in denen Heine seine Hoffnung zum Ausdruck bringt, nach seinem Tod im Herzen seiner Geliebten weiterzuleben:

Dich fesselt mein Gedankenbann
Und was ich dachte, was ich sann
Das mußt du denken, mußt du sinnen –
Kannst meinem Geiste nicht entrinnen.

Ein gar subtiler Spiritus
Ist dieser Geist, ein Dominus
Im Geisterheer vom höchsten Range;
Ihn ehrt sogar die Muhme Schlange.

Stets weht dich an sein süßer Hauch
Und wo du bist, da ist er auch
Du bist sogar im Bett nicht sicher
Vor seinem Kusse und Gekicher.

Mein Leib liegt todt im Grab, jedoch
Mein Geist er ist lebendig noch
Und wohnt gleich einem Hauskobolde
In deinem Herzchen, meine Holde.

Elise Krinitz ist nach Heines Tod als Sprachlehrerin, Übersetzerin und Schriftstellerin tätig. Ihre Veröffentlichungen erscheinen unter den Namen »Camille Selden« oder »Camilla Selden«. Ihre Erinnerungen an Heine hat sie in dem Buch *Heinrich Heines letzte Tage* niedergeschrieben, das 1884 in französischer und noch im selben Jahr in deutscher und englischer Sprache erscheint. Es sorgt für Furore, denn Geschichte und erfundene Geschichten lassen sich darin kaum voneinander trennen und tragen zur Mystifizierung der »Mouche« bei. Elise Krinitz stirbt mit 71 Jahren an ihrem Ferienort Orsay südlich von Paris.

4

Gönnerinnen und Konkurrentinnen

»Wir männlichen Schriftsteller haben … unsere vorgefaßten Sympathien, und wir schreiben für oder gegen eine Sache, für oder gegen eine Idee, für oder gegen eine Parthey; die Frauen jedoch schreiben immer für oder gegen einen einzigen Mann, oder besser gesagt, wegen eines einzigen Mannes.«

Rahel Varnhagen von Ense

»Meine Freundin Fr v. Varnhagen wage ich kaum in diesem Brief voll Nöthen grüßen zu lassen. Jedoch, in dem Momente wo ich ihren Namen ausspreche, werde ich heiter, wohlgestimmter, fast lachend munter – ja, grüßen Sie sie dennoch herzlich, recht lieb herzlich von mir. Sagen Sie ihr daß ich ihr alles sagen lasse was ich seit sechs Monath gedacht habe, was das aber ist dies kann sie sich selbst denken.«

Heinrich Heine an Karl August Varnhagen von Ense,
3. Januar 1830

»... erquickt mir das Herz in diesem Nebelwetter«

Rahel Varnhagen von Ense, geborene Levin

Heines hochverehrte Freundin und Unterstützerin wird 1771 als Rahel Levin in eine überaus wohlhabende Berliner Kaufmannsfamilie hineingeboren. Heine und Rahel teilen das Bewusstsein, Außenseiter in einer latent antisemitischen Gesellschaft zu sein. Die hochgebildete Frau mit der faszinierenden Ausstrahlung leistet aber nicht nur einen Beitrag zur Emanzipation des Judentums, sondern spielt als Vorbild auch eine Rolle für die Emanzipationsbewegung von Frauen im 19. Jahrhundert.

Bereits in den 1790er Jahren unterhält sie in ihrer Berliner Dachstubenwohnung einen Salon. Als Gastgeberin der regelmäßigen gesellschaftlichen Treffen, bei denen Diskussionen über literarische, wissenschaftliche, philosophische und musikalische Themen im Mittelpunkt stehen, ist es ihr, wie auch den anderen Salonnièren dieser Zeit, möglich, am intellektuellen Leben nicht nur teilzunehmen, sondern sogar impulsgebend mitzuwirken. In ihrem ersten Salon sind beispielsweise die Brüderpaare Humboldt und Schlegel, aber auch Clemens Brentano und Friedrich Schleiermacher zu Gast.

Im Krieg, während der französischen Besatzung, verlässt sie Berlin Richtung Prag und kümmert sich um die

Versorgung verwundeter Soldaten. Nach verschiedenen unglücklichen Lieben lässt sie sich 1814 auf den Namen Friederike taufen und heiratet den 14 Jahre jüngeren Karl August Varnhagen, der später in den erblichen Adelsstand erhoben wird und fortan Karl August Varnhagen von Ense heißt. Sie begleitet ihren Mann auf verschiedenen Stationen seiner diplomatischen Laufbahn, bis der liberal gesinnte Karl August, der die badische Verfassungsbewegung unterstützt, 1819 auf Betreiben von Metternich abberufen und in den frühzeitigen Ruhestand versetzt wird.

Gemeinsam kehrt das Ehepaar nach Berlin zurück, wo Rahel, die wie ihr Mann über ein weitreichendes Netzwerk an Verbindungen mit Intellektuellen, Künstlern und Politikern verfügt, einen zweiten Salon ins Leben ruft. Rasch entwickelt sich dieser zum kulturellen Mittelpunkt in Berlin: Georg Wilhelm Friedrich Hegel, Friedrich de la Motte Fouqué, Albert Chamisso und Hermann Fürst von Pückler-Muskau treffen sich hier. Und auch Heine, der in Berlin Jura studiert, hat ab Mai 1821 Zutritt zu den anregenden und weit über die Stadt bekannten Treffen. Seitdem verbindet Heine und das Ehepaar Varnhagen eine innige Freundschaft, die Heine später einmal mit den Worten zusammenfasst: »Ich liebe Sie beide sehr – habe aber nicht genug Papier um zu sagen wie.«

In Bezug auf Rahel schreibt Heine ihrem Mann 1831: »Frau v. V. liebreiche, unerschütterliche Freundschaft erquickt mir das Herz in diesem Nebelwetter.«

»Ich verlange Leben, Herzensleben als Mobil«

Briefe als Kunstwerke

Rahel pflegt mit Tagebuchaufzeichnungen, Aphorismen und Briefen kleine, intime Formen, um ihrer Gedankenwelt schriftlich Ausdruck zu verleihen. Die Briefe von Rahel, von denen heute rund 6000 bekannt sind, stellen kleine Kunstwerke dar, die auf höchstem stilistischen Niveau Kulturelles und Gesellschaftliches reflektieren. Mit dem jungen Heine tauscht sie sich beispielsweise über Goethe aus, mit dessen Werk sie sich intensiv beschäftigt. So heißt ihre erste Veröffentlichung aus dem Jahr 1812, die im *Morgenblatt* erscheint, *Ueber Goethe* und enthält Auszüge aus dem Briefwechsel mit ihrem Mann. Auch Karl August ist ein Goethe-Experte. Er trifft Goethe mehrfach und steht mit ihm in brieflichem Austausch, weshalb Heine ihn zu Recht als »Statthalter Goethes auf Erden« bezeichnet und er heutzutage als Mitbegründer der Goethe-Philologie gilt. Heine schickt Karl August später aus Lüneburg sogar einen Aufsatz zu Goethe mit den Worten:

»… ich übersende Ihnen beykommend den versprochenen Aufsatz über Göthe, den ich nicht früher liefern konnte, weil ich noch immer so sehr krank bin, und erst vorgestern, unter lauter Schmerzen, denselben schrieb. Sie werden es auch merken, da an die Stelle meines gewöhnlichen kurzsätzigen, zahmen Styles ein dumpfer, breiter Bilder- und Ideewirrwarr getreten ist. Ich hoffe daß der Aufsatz frühzeitig genug kommt, um Ihrem Buche einverleibt zu werden; verzeihen Sie mir daß ich ihn so spät schicke, und betrachten Sie dieses nicht als ein Zeichen von Faulheit oder gar Gleichgültigkeit.«

Dem Ehepaar Varnhagen gelingt es, Heine für Goethes Werke zu erwärmen. Heine schreibt Rahels jüngerem Bruder Ludwig Robert, ebenfalls aus Lüneburg: »Und, lieber Robert, Sie können kaum glauben wie artig ich mich jetzt gegen Frau v. Varnhagen betrage, – ich habe jetzt, bis auf eine Kleinigkeit, den ganzen Göthe gelesen!!! Ich bin jetzt kein blinder Heide mehr, sondern ein sehender. Göthe gefällt mir sehr gut.« Heine hat aber – dies sei am Rande bemerkt – ein durchaus differenziertes Verhältnis zu Goethe und Goethes Werk, spätestens nachdem er ihn 1824 auf seiner Harzreise kennenlernt und diese Begegnung für Heine zu einer persönlichen Enttäuschung wird.

Rahel und Heine zeigen sich einander verbunden in ihrer Einschätzung von Literatur und Kritik. Sie schreibt ihm: »Ich verlange Leben, Herzensleben als Mobil, auch wo es nicht herrschen soll, und eine Kritik, der dieses fehlt, wird immer wie eine Faserzeichnung eines Blattes ausfallen: nichts von Duft, Leben, Farbe, Saft und wahrer Kraft.« Aber auch darüber hinaus scheinen sich die beiden zu verstehen. Ihre Ausführungen zur Literaturkritik schließt Rahel im Januar 1823 mit einer herzlichen

Einladung an Heine, der – wie sie weiß und durchblicken lässt – gerne die Freuden des Berliner Nachtlebens auskostet: »Kommen Sie nur, wenn Sie wohl genug sind, diesen Abend, aber nehmen Sie keinen Tropfen vorher … Wenn ich nur einen Boten für diese Sendung hätte. Meine eine Dienerin ist Rekonvaleszentin, die andere liegt zu Bette, der Bediente krank zu Hause. Ich habe nicht einmal einen Leineweber … Zwingen Sie sich zur Tugend, wie Hamlet sagt. Stellen Sie sich für's erste gesund und kommen Sie.«

»Die schönste und herrlichste aller Blumen«

Abschied aus Berlin

Ein anderer Salon, den Heine während seiner Berliner Zeit häufig besucht, wird von der Schriftstellerin Elise von Hohenhausen geführt, die in ihrem Kreis den damals populären Kult um den englischen Dichter Lord Byron pflegt und Heine den Beinamen »der deutsche Byron« verleiht. Ursprünglich stammt der Vergleich von einem Jugendfreund Heines, und auch er selbst bezeichnet sich mehrfach als Vetter Byrons, um seiner geistigen Verwandtschaft Ausdruck zu verleihen. So weit wie Elise von Hohenhausen, die wiederum auch Rahel Varnhagen in ihren Salon einlädt, ist Heine in seiner Einschätzung aber nie gegangen. Der Anschluss an die gesellschaftlichen und kulturellen Kreise der Berliner Salonnièren ist für Heine ein Glücksfall. Nur widerwillig reist er 1823 aus Berlin ab und begibt sich zu einem längeren Aufenthalt bei seinen Eltern in Lüneburg. Kurz vor seiner Abreise schreibt er an Rahel:

»… ich bitte Sie werfen Sie mein Bild nicht ganz und gar in die Polterkammer der Vergessenheit. Ich könnte wahrhaftig keine Repressalien anwenden; und wenn ich mir auch hundertmal des Tags vorsagte: ›Du willst Frau v. Varnhagen vergessen!‹ es ginge doch nicht. Vergessen Sie mich nicht! Sie dürfen sich nicht mit einem schlechten Gedächtnisse entschuldigen, Ihr Geist hat einen Contrakt geschlossen mit der Zeit; und wenn ich vielleicht nach einigen Jahrhunderten das Vergnügen habe Sie als die schönste und herrlichste aller Blumen, im schönsten und herrlichsten aller Himmelsthäler, wiederzusehen, so haben Sie wieder die Güte mich arme Stechpalme (oder werde ich noch was schlimmeres seyn?) mit Ihrem freundlichen Glanze und lieblichen Hauche, wie einen alten Bekannten, zu begrüßen. Sie thuen es gewiß; haben Sie ja schon anno 1822 u. 1823 Aehnliches gethan, als Sie mich kranken, bittern, mürrischen, poetischen und unausstehlichen Menschen mit einer Artigkeit und Güte behandelt, die ich gewiß in diesem Leben nicht verdient, und nur wohlwollenden Errinnerungen einer frühern Connoissanz verdanken muß. Ich bin genädige Frau! mit Achtung und Ergebenheit H. Heine.«

Aus Lüneburg schreibt Heine rückblickend über die Berliner Zeit und die Begegnungen mit Rahel und Karl August Varnhagen:

»Ich lebe in diesem Augenblick gänzlich isolirt, abgeschnitten von allem wirklichen Menschenverkehr, und dennoch wegen meines Krankseyns ganz unbeschäftigt, und es ist daher ganz natürlich daß ich den größten Theil des Tages an Sie und Ihre Frau denke, und mir immer lebendig vorschwebt, wie Sie beyde mir so viel Gutes und Liebes erzeigt, und mich mürrischen, kranken Mann aufgeheitert, und gestärkt, und gehobelt, und durch Rath und That unterstützt, und mit Makaroni und Geistesspeise erquickt. Ich habe so wenig wahre Güte im Leben gefunden, und bin so viel schon mystifizirt worden, und habe erst von Ihnen und Ihrer großherzigen Frau eine ganz menschliche Behandlung erfahren.«

Bei all dieser Zugeneigtheit ist es verwunderlich, dass Heine seiner Freundin Rahel, die ihn so inniglich versteht, oftmals nicht direkt schreibt, sondern ihr vermittelt durch ihren Mann oder auch ihren jüngeren Bruder Nachrichten zukommen lässt. An Ludwig Robert schreibt Heine, vermutlich nicht ganz ohne schwärmerische Gefühle für Rahel:

»… aber es geht mir immer wie Ihrer Schwester, der Varnhagen, die muß auch, wie sie mir sagte, große Briefe schreiben wenn sie etwas sagen will. Grüßen Sie mir vielmahl die liebe, gute, kleine Frau mit der großen Seele. Sagen Sie ihr daß es ein seltener Fall ist wenn ich nicht an sie denke. Die ganze vorige Woche beschäftigte ich mich mit ihr. Ich las nemlich Madame Staels Corinna. Ich hätte dieses Buch gar nicht verstehen können vor jener großen Lebensepoche als ich Ihre Schwester kennen lernte.«

Heines Vergleich lässt auf sein Bild Rahels als einer Frau auf der Höhe ihrer Zeit schließen, denn das Buch von Germaine de Staël präsentiert eine gefühlvolle und hochgebildete Frau, die nach dem Ideal einer sie ganz ausfüllenden Liebe strebt.

»Ähnlich wie ein Stern dem andern«

Verbundenheit in Zeiten der Einsamkeit

Nach einer Phase der wechselseitigen Entfremdung widmet Heine mit den 88 Liedern der *Heimkehr* seiner verehrten Freundin Rahel den mittlerweile wohl berühmtesten Heine'schen Gedichtzyklus. Für diese Widmung scheint sie sich sehr herzlich bedankt zu haben, der Textlaut jedoch ist nicht überliefert. Daraufhin teilt Heine ihrem Mann in einem heute leider nur noch unvollständig erhaltenen Brief mit: »Entzückt, wahrhaft entzückt, fast berauscht hat mich Frau v. Varnhagens Brief. In der That, ich hab sie nie verkannt. Ich kenne sie ein bischen. Dabey gestehe ich daß mich niemand so tief versteht u. kennt wie Fr v. V. Als ich ihren Brief las wars mir als wär ich traumhaft im Schlafe aufgestanden und hätte mich vor den Spiegel gestellt u. mit mir selbst gesprochen, und mit unter etwas gepralt. Das Beste ist, ich brauch Fr v. Varnhagen keine lange Briefe zu schreiben. Wenn sie nur weiß daß ich lebe, so weiß sie auch was ich fühle u. denke. Die Gründe meiner Dedikazion hat sie, glaub ich, besser errathen als ich selbst. Mir schien es als wollte ich dadurch aussprechen daß ich jemanden zugehöre. Ich lauf so wild in der Welt herum, manchmal kommen Leute die mich wohl gern zu ihrem Eigenthum machen möchten, aber das sind immer solche gewesen die mir nicht sonderlich gefielen, und solange dergl. der Fall ist, soll immer auf meinem Halsbande stehen: j'appartiens à Madame Varnhagen.«

»Ich gehöre zu Frau Varnhagen« ist eine Formel für Verbundenheit und Zugehörigkeit in Zeiten der Einsamkeit. Diesen Gedanken schmückt Heine noch in weiteren Briefen und mit anderen Bildern aus. Als er sich 1830 allein in Wandsbek aufhält und dort Karl August schreibt, bemerkt er beim Bestreuen der Tintenseite mit Löschsand: »daß meine Handschrift mit Frau v. Varnhagens Handschrift sehr große Aehnlichkeit bekommt. Im Grunde ist es auch Unnatur wenn ich anders schreibe. Sind sich doch unsre Gedanken ähnlich wie ein Stern dem andern – besonders meine ich hier Sterne die so recht viele Millionen Meilen von der Erde entfernt sind. Wenn ich nun sage daß ein Brief von Frau v. Varnhagen manchmahl Aehnlichkeit mit der Milchstraße am Himmel hat, so liegt dabey auch eine heimliche Anspielung auf die Klagen der Astronomen, die ob des allzuleuchtenden Gewimmels in besagter Milchstraße nicht deutlich genug die einzelnen Sterne heraussehen und betrachten können, und sich die Augen verderben, wie ich, der ich einen Brief von Frau v. V in diesem Augenblick vor mir liegen habe. Gleichviel, schreiben Sie, Fr v. V mir bald wieder einen jener Himmlichen Briefe, woran ich mir die Augen verderbe und das Herz erquicke. Ich will wieder Sand streuen, und die dummen Gedanken dieses Blattes darunter begraben.«

Die philosophischen und manchmal auch politischen Betrachtungen nehmen in Heines Briefwechsel mit dem Ehepaar Varnhagen den größten Umfang ein. Aber auch Begebenheiten des Alltags finden, so sie denn einschneidend und herzbewegend sind, Berücksichtigung. Aus diesen Schilderungen sticht vor allem der Brief von Rahel vom September 1830 heraus, nachdem sie seit Juli die Töchter ihrer Nichte Fanny betreut hat:

»Vielleicht zerstreut es Sie in dem jetzigen Leben, ... wenn ich Ihnen sage, klage, erzähle, daß ich ein zerschlagenes Herz im Busen habe, weil ich heute meine Kinder den Caspers wieder abgeben mußte. Rein abgeben, als wenn es ihre wären; und ich liebe sie.«

Karl August scheint den Aufenthalt der drei Pflegekinder ähnlich empfunden zu haben, da er gegenüber Heine brieflich von einem häuslichen »Glück-Unglück« spricht, »das erst durch Fülle, dann durch Mangel sich empfindlich zu erkennen gab … Seit gestern ist es ein wahres Leid, eine schmerzliche Oede; vorher war es ein voller, schäumender, freudenreicher Lebensstrom!«

»Keinen größern aplaudeur«

Lebenslange Freundschaft

Heines freundschaftliches Vertrauensverhältnis zu Rahel und Karl August Varnhagen von Ense bleibt lebenslang bestehen. Karl August unterstützt die Verbreitung von Heines Werken mit klugen und ausgewogenen Rezensionen, außerdem rät ihm das Ehepaar, nach Paris zu gehen, was Heine schließlich in die Tat umsetzt. Zwar sehen sich Heine und die Varnhagens während seiner langen Zeit in Paris nicht mehr, aber insbesondere in den ersten Pariser Jahren geben Rahel und Karl August ihm als wichtige Korrespondenzpartner starken Halt. Der Förderer und die ferne Freundin sind für Heine notwendige Bezugspunkte:

»Ich bedarf des Bewußtseyns Ihrer und Fr. v. Varnhagens Theilnahme jetzt noch eben so sehr wie im Beginne meiner Laufbahn; denn ich stehe jetzt eben so einsam in der Welt wie damals. Nur daß ich jetzt mehr Feinde habe, welches zwar immer ein Trost, aber doch kein genügender ist … Fr. v. Varnhagen brauchen Sie gar nichts zu sagen. Sie weiß was ich fühle, d. h. leide.«

Zwar scheint Rahel als Förderin von Heines Werken, als intellektuelle Gesprächspartnerin und seine Seelenverwandte fungiert zu haben, dennoch scheut sie sich offenkundig nicht, seine Werke dort, wo sie es für notwendig hält, zu kritisieren:

»Lassen Sie mich Ihre Handschrift sehen: und wenn Sie drucken lassen, vergessen Sie nie dabey, daß ich es lese; geflissentlich. Das schützt Sie vor Manchem und hilft Ihnen in Vielem. Sie haben keinen passioniertern, keinen erwägerndern Leser, keinen größern aplaudeur … Werden Sie gesund wo möglich! In jedem Falle bleiben Sie fleißig; es geht kein Wort verlohren; das glauben Sie nur. Dort müssen Sie schreiben, für hier. Bleiben Sie ganz sich selbst und der Sache gegenüber wenn Sie arbeiten! Jeder Silbe liest man das an. Glauben Sie's.«

»Kann in diesem Augenblick vor Weinen nicht schreiben«

Rahels Tod und ihre literarische Würdigung

Den ganzen Lebensweg kann Rahel ihren Freund Heine jedoch nicht begleiten. Die über 25 Jahre ältere Salonnière stirbt in der Nacht vom 6. auf den 7. März 1833. Der Kondolenzbrief Heines an Karl August ist bewegend:

»Ich kann Ihnen noch immer nicht schreiben. So wie ich die Feder ergreife um Ihnen ein Wort zu sagen ist mir der Kopf wie betäubt und die Brust in der schmerzlichsten Bewegung. Und ich bin sonst so ruhig und die Selbstbeherrschung selbst.

Aber es fallen auch in diesem Augenblick Dinge vor in meinem Leben, die auch einen Stein erschüttern könnten … Ach, lieber Varnhagen, ich fühle jetzt die Bedeutung jener römischen Worte: Leben ist Kriegführen. So stehe ich nun auf der Bresche und sehe wie die Freunde rings um mich her fallen. Unsere Freundin hat immer wacker gestritten und hat wohl einen Lorbeer verdient. Ich kann in diesem Augenblick vor Weinen nicht schreiben – ach! … Ich weiß ich tröste Sie schlecht, lieber Varnhagen. Aber trösten kann kein Mensch, sondern nur die Zeit. Die Zeit, der schlaue Saturn, er heilt uns von jeder Wunde, um uns mit seiner Sense bald wieder eine neue Wunde ins Herz hinein zu schneiden … Solange bleib ich auch Ihr Freund H. Heine«

Bereits kurz nach Rahels Tod beschäftigt sich Karl August mit ihren Briefen und Papieren, die er fortan herausgibt. In diesem Zusammenhang bittet er Heine, ihm Briefe zur Publikation zu schicken. Allerdings sind von den vielen an Heine gerichteten Briefen Rahels nur noch sehr wenige vorhanden, denn Heine lässt den größten Teil des Briefwechsels bei Betty, als er nach Paris übersiedelt. Diese Korrespondenz fällt 1833 dem Brand in der Wohnung seiner Mutter zum Opfer. Dennoch steuert Heine zu der Briefsammlung *Rahel. Ein Buch des Andenkens für ihre Freunde*, das 1833 herausgegeben wird, bei. Es ist rührenderweise ebenjener überaus persönliche Brief, in dem Rahel von dem Aufenthalt ihrer Pflegekinder berichtet.

Auch sonst versucht Heine, der bis zu seinem Lebensende mit Karl August befreundet bleibt, Rahel und ihre Leistungen angemessen zu würdigen. Doch diese Pläne scheitern. Lediglich in der *Börne-Denkschrift* gelingt es ihm, sie und ihren Zugang zur Sprache im Vergleich mit Ludwig Börne trefflich zu charakterisieren:

»Auch über seinen Styl äußerte sich Rahel, und zwar mit Worten, die jeder, der mit ihrer Sprache nicht vertraut ist, sehr mißverstehen möchte; sie sagte: Börne kann nicht schreiben, eben so wenig wie ich oder Jean Paul. Unter Schreiben verstand sie nemlich die ruhige Anordnung, so zu sagen die Redakzion der Gedanken, die logische Zusammensetzung der Redetheile, kurz jene Kunst des Periodenbaues, den sie sowohl bey Goethe, wie bey ihrem Gemahl so enthusiastisch bewunderte, und worüber wir damals fast täglich die fruchtbarsten Debatten führten. Die heutige Prosa, was ich hier beyläufig bemerken will, ist nicht ohne viel Versuch, Berathung, Widerspruch und Mühe geschaffen worden. Rahel liebte vielleicht Börne um so mehr, da sie ebenfalls zu jenen Autoren gehörte, die, wenn sie gut schreiben sollen, sich immer in einer leidenschaftlichen Anregung, in einem gewissen Geistesrausch befinden müssen: Bachanten des Gedankens, die dem Gotte mit heiliger Trunkenheit nachtaumeln.«

George Sand

»Wie schön ist George Sand und wie wenig gefährlich, selbst für jene bösen Katzen, die mit der einen Pfote sie gestreichelt und mit der anderen sie gekratzt, selbst für die Hunde die sie am wüthendsten anbellen; hoch und milde schaut sie auf diese herab, wie der Mond.«

Heine über George Sand in
De Staël-Kritik, 1844

»Nom de guerre einer schönen Amazone«

George Sand, Aurore Baronne de Dudevant, geborene Dupin

Die wohl bekannteste französische Schriftstellerin der Heine-Zeit publiziert unter dem männlichen Namen George Sand. Sie veröffentlicht Romane und sozialkritische Texte, in denen sie sich für die Emanzipation der Frau und die Teilhabe aller Klassen an den gesellschaftlichen Gütern einsetzt. George Sand ist als Pseudonym nichts weniger als der »*nom de guerre*«, also der Kriegsname, »einer schönen Amazone«, wie es bei Heine heißt.

Geboren wird George Sand 1804 als Amantine Aurore Lucile Dupin in Paris und als Tochter »eines Mannes von gringem Stande, dessen Mutter die berühmte, aber jetzt vergessene Tänzerin Düpin gewesen. Diese Düpin soll eine natürliche Tochter des Marschalls Moritz von Sachsen gewesen seyn, welcher selber zu den vielen hundert Hurenkindern gehörte, die der Kurfürst August der Starke hinterließ.«

In jungen Jahren heiratet sie 1822 den mittellosen Leutnant Casimir Baron Dudevant, einen »Edelmann aus der Provinz Berry, … den ich selbst einmal das Vergnügen hatte, mit eignen Augen zu sehen«, kommentiert Heine. »Ich sah ihn sogar bey seiner, damals schon *de facto* geschiedenen Gattin … Er trug ein nichtssagendes Philistergesicht und schien weder böse noch roh zu seyn, doch begriff ich sehr leicht, daß diese feuchtkühle Tagtäglichkeit, dieser porzellanhafte Blick, diese monotonen, chinesischen Pagodenbewegungen für ein banales Weibzimmer sehr amüsant seyn konnten, jedoch einem tieferen Frauengemüthe auf die Länge sehr unheimlich werden und dasselbe endlich mit Schauder und Entsetzen, bis zum Davonlaufen, erfüllen mußten.«

Heine erfasst die Situation ganz richtig, denn nach einigen anderen Liebschaften läuft George Sand ihrem Mann schließlich mit Léonard-Sylvain-Julien, der »Jules« Sandeau gerufen wird, tatsächlich davon. Ihm verdankt sie ihr Pseudonym:

»Bey der Wahl dieses Namens leitete sie keineswegs die Erinnerung an den unglückseligen Sand, den Meuchelmörder Kotzebues, des einzigen Lustspieldichters der Deutschen. Unsre Heldin wählte jenen Namen, weil er die erste Silbe von Sandeau; so hieß nemlich ihr Liebhaber, der ein achtungswerther Schriftsteller, aber dennoch mit seinem ganzen Namen nicht so berühmt werden konnte, wie seine Geliebte mit der Hälfte desselben, die sie lachend mitnahm, als sie ihn verließ.«

Zusammen mit Jules Sandeau arbeitet George Sand ab 1831 bei der satirischen Zeitschrift *Figaro*, im selben Jahr erscheint ihr gemeinsamer Roman *Rose et Blanche ou la Comédienne et la Religieuse* (*Nonne und Schauspielerin oder Verirrungen in der Liebe*). Das verwendete Pseudonym der beiden, »J. Sand«, wandelt sie in »George

Sand« um. Nunmehr verfasst sie eigene Artikel und gibt bereits 1832 ihren ersten eigenständigen Roman *Indiana* heraus. Dieser handelt von einer 19-jährigen Frau, die mit einem viel älteren Offizier verheiratet ist und sich leidenschaftlich, aber unglücklich in einen Nachbarn verliebt. Nur ein Jahr später folgt der Roman *Lélia*, der als skandalös empfunden wird und für Furore sorgt, da die Hauptfigur an den herrschenden gesellschaftlichen Wertesystemen zweifelt, die Gleichberechtigung der Geschlechter fordert und ihre körperlichen Leidenschaften zum Ausdruck bringt.

George Sand selbst lebt ein unstetes Liebesleben, trägt in der Pariser Kulturszene oftmals praktische Männerkleidung, raucht Zigarre und arbeitet, zumeist nachts, wie eine Besessene an ihren literarischen Werken. Ihre Arbeitswut trägt umfangreiche Früchte, und es gelingt ihr, in ihrem Leben rund 180 Bücher, unzählige Zeitungsartikel und geschätzte 40 000 Briefe, von denen nur noch ein Teil erhalten ist, zu verfassen.

In ihrem Pariser Wohnsitz und auf ihrem Landsitz in Nohant besuchen sie viele Künstlerinnen und Künstler. Zu ihrem Freundeskreis gehören unter anderen die Schriftsteller Honoré de Balzac und Alexandre Dumas, der Maler Eugène Delacroix, der Komponist Franz Liszt sowie dessen Geliebte Gräfin Marie d'Augoult – und, wenig überraschend, Heinrich Heine.

»Er ist wie seine Dichtungen«

Austausch, Anerkennung und literarische Verbundenheit

Im Jahr 1834 nimmt George Sand Kontakt zu Heine auf. Vermittelnd unterstützt wird sie dabei von Franz Liszt, und schon bald fühlen sich Heine und George Sand eng und freundschaftlich miteinander verbunden. Sie nennen sich gegenseitig »cousin« und »cousine«, wie auch die Widmung Heines in einem Band der *Reisebilder* Ende 1834 zeigt.

Die beiden tauschen sich über literarische und philosophische Themen ebenso aus wie über Persönliches, zu dem vor allen Dingen die Partnersuche und -wahl gehört. In ihrem Tagebuch notiert George Sand, die offenkundig bereits zu einem frühen Zeitpunkt von Heines Beziehung zu Mathilde weiß: »Man hält ihn für von Grund auf böse, aber nichts ist falscher; sein Herz ist so gut wie seine Zunge schlecht ist. Er ist zärtlich, aufmerksam, aufopfernd, in der Liebe romantisch, ja, schwach, und eine Frau kann ihn unbegrenzt beherrschen … Er ist wie seine Dichtungen, eine Mischung aus höchster Sentimentalität und närrischsten Possen.«

George Sands aufreibendes Scheidungsverfahren endet erst 1836, ihr wird die Tochter Solange zugesprochen, ihr Sohn Maurice dem Vater, er lebt aber häufig bei seiner Mutter. Heine erlebt in dieser Zeit hautnah mit, wie unzureichend und lückenhaft die Rechtsverfassung in Frankreich in Bezug auf die Rechte der Frauen ist. Es sind George Sands Leben und die emanzipatorischen Ideen ihrer Romane, die ihn vor allem anderen bekannt machen mit der »großen Frauenfrage … von deren Lösung das ganze gesellschaftliche Leben Frankreichs abhängt«.

Auch ihre ersten dramatischen Versuche am Theater begleitet er – unter anderem publizistisch. Wie Balzac und Heine selbst mit seiner französischen Übertragung von *William Ratcliff*, versucht George Sand sich an Theatertexten. Ihr Drama *Cosima* wird Ende 1840 uraufgeführt. Heine kommentiert: »Endlich gestern Abend ward … das Drama von George Sand, im *Théâtre français* aufgeführt. Man hat keinen Begriff davon, wie seit einigen Wochen alle Notabilitäten der Hauptstadt, alles was hier hervorragt durch Rang, Geburt, Talent, Laster, Reichthum, kurz durch Auszeichnung jeder Art, sich Mühe gab, dieser Vorstellung beywohnen zu können. Der Ruhm des Autors ist so groß, daß die Schaulust aufs Höchste gespannt war; aber nicht bloß die Schaulust, sondern noch ganz andere Interessen und Leidenschaften kamen ins Spiel. Man kannte im Voraus die Cabalen, die Intriguen, die Böswilligkeiten, die sich gegen das Stück verschworen und mit dem niedrigsten Metierneid gemeinschaftliche Sache machten.«

Heine lobt das Gesamtwerk George Sands und benennt dabei deutlich die gesellschaftliche Diskriminierung, der die Autorin ausgesetzt ist, da sie nicht das zeitgenössische Ideal der Hausfrau und Mutter lebt: »Der kühne Autor, der durch seine Romane bey der Aristokratie und bey dem Bürgerstand gleich großes Mißfallen erregte, sollte für seine ›irreligiösen und immoralischen Grundsätze‹ bey Gelegenheit eines dramatischen Debüts öffentlich büßen …«

Diese Benachteiligung treibt Heine um, denn in George Sand und ihren Werken erkennt er den »größten Schriftsteller, den das neue Frankreich hervorgebracht« hat, aber zugleich auch einen »unheimlich einsamen Genius, der auch bey uns in Deutschland gewürdigt worden«.

Heine begrüßt explizit die Versuche bedeutender Autoren wie George Sand, das Theater nicht ausschließlich den mittelmäßigen und eingefahrenen Bühnendichtern zu überlassen. Zum Stück selbst äußert er sich jedoch nur kurz, aber kritisch und verweist auf die schlechte Darbietung der Schauspieler. Dem Stück *Cosima* ist denn auch – der wohlwollenden Kritik Heines zum Trotz – ein dermaßen geringer Erfolg beschieden, dass George Sand es schon nach wenigen Wochen wieder zurückzieht.

»Diese Emancipatriçe der Weiber«

Entzweiung durch die Affäre Dessauer

Freundschaftlichen Umgang pflegt Heine nicht nur mit George Sand, sondern auch mit Frédéric Chopin, der ab 1838 ihr Liebhaber ist. In den 1840er Jahren, in denen sich George Sand zunehmend politisch engagiert und ihre Haltungen sich radikalisieren, kommt es zu einer wachsenden Entfremdung zwischen »cousin« und »cousine«. Heine zeigt sich zudem enttäuscht über ihre Trennung vom zeitlebens kränklichen, an Tuberkulose leidenden Chopin. Er selbst fühlt sich in seiner Krankheitsphase ebenso von George Sand verlassen wie der Komponist und beschwert sich bei seinem Freund Heinrich Laube:

»George Sand, das Luder hat sich seit meiner Krankheit nicht um mich bekümmert; diese Emancipatriçe der Weiber oder vielmehr diese Emancimatriçe hat meinen armen Freund Chopin in einem abscheulichen aber göttlich geschriebenen Roman auf's Empörendste maltraitirt. Ich verliere einen Freund nach dem andern und bey denen die mir übrig bleiben erprobt sich das alte Sprichwort: Freunde in der Noth gehn sechzig auf ein Loth – Aber das Sprichwort ist doppelschneidig, es kritisirt nicht blos die Beklagten sondern auch den Kläger: mich trifft jedenfalls der Vorwurf daß ich in der Wahl meiner Freunde sehr kurzsichtig war und ich deren so leichte wählte.«

Zur endgültigen Entzweiung mit George Sand kommt es aber erst im Rahmen der sogenannten Dessauer-Affäre, mit der eine komplexe Pressefehde einhergeht. Ein Teil hiervon betrifft auch George Sand, da der von ihr geschätzte Komponist Joseph Dessauer – wie Heine es von einem guten Bekannten mitgeteilt bekommt – behauptet haben soll, mit ihr ein intimes Verhältnis gehabt zu haben. Heine ist wegen dieser Behauptung Dessauers empört, George Sand aber ergreift für den »Wanzerich« Dessauer, den Heine mit unschönen Vergleichen aus dem Tierreich überzieht, Partei. Er sieht sich außerstande, seiner Freundin diesen Vertrauensbruch zu verzeihen.

Doch noch immer vereint die von Heine einst gerühmte und vielgeschätzte Autorin für ihn Schönheit und Geist: »George Sand, die große Schriftstellerin, ist zugleich eine schöne Frau. Sie ist sogar eine ausgezeichnete Schönheit. Wie der Genius, der sich in ihren Werken ausspricht, ist ihr Gesicht eher schön als interessant zu nennen; das Interessante ist immer eine graziöse oder geistreiche Abweichung vom Typus des Schönen, und die Züge von George Sand tragen eben das Gepräge einer griechischen Regelmäßigkeit. Der Schnitt derselben ist jedoch nicht schroff und wird gemildert durch die Sentimentalität, die darüber wie ein schmerzlicher Schleyer ausgegossen.«

Das Lob der ehemaligen »cousine« schlägt jedoch in subtile Demontage um:

»Die Stirn ist nicht hoch, und gescheitelt fällt bis zur Schulter das köstlichste kastanienbraune Lockenhaar. Ihre Augen sind etwas matt, wenigstens sind sie nicht glänzend, und ihr Feuer mag wohl durch viele Thränen erloschen oder in ihre Werke übergegangen seyn, die ihre Flammenbrände über die ganze Welt verbreitet, manchen trostlosen Kerker erleuchtet, vielleicht aber auch manchen stillen Unschuldstempel verderblich entzündet haben. Der Autor von Lelia hat stille sanfte Augen, die weder an Sodom noch an Gomorrha erinnern. Sie hat weder eine emanzipirte Adlernase, noch ein witziges Stumpfnäschen; es ist eben eine ordinäre grade Nase. Ihren Mund umspielt gewöhnlich ein gutmüthiges Lächeln, er ist aber nicht sehr anziehend; die etwas hängende Unterlippe verräth ermüdete Sinnlichkeit.«

Es wird bei dieser wenig schmeichelhaften Schilderung schnell klar, dass sich die einst sehr herzliche und innige Freundschaft der beiden Schriftsteller verändert hat. Schließlich spricht Heine ihr allen Witz und Esprit ab und behauptet, sie sei trotz ihrer Emanzipation von einem »männlichen Lenker« abhängig, womit sein Porträt von George Sand vermutlich an der schwärzesten Stelle angekommen ist:

»Bey ihrer unkanonischen Geistesrichtung hat sie, wie begreiflich, keinen Beichtvater, doch da die Weiber, selbst die emanzipazionssüchtigsten, immer eines männlichen Lenkers, einer männlichen Autorität bedürfen, so hat George Sand gleichsam einen literarischen *directeur de conscience*, den philosophischen Kapuziner Pierre Leroux. Dieser wirkt leider sehr verderblich auf ihr Talent, denn er verleitet sie, sich in unklare Faseleyen und halbausgebrütete Ideen einzulassen, statt sich der heitern Lust farbenreicher und bestimmter Gestaltungen hinzugeben, die Kunst der Kunst wegen übend.«

Die Freundschaft George Sands mit Heinrich Heine endet. Doch sosehr sie diese Charakterisierung Heines geschmerzt haben mag, wäscht George Sand in ihrer Autobiographie *Histoire de ma vie* keine schmutzige Wäsche und erwähnt Heine nur kurz. Sie stirbt nach einem bewegten, exaltierten und engagierten Leben 1876 auf ihrem Landsitz in Nohant im französischen Département Indre und wird im dortigen Park beigesetzt.

Fanny Lewald

»Mit Stahr und seiner künftigen Frau, Fanny Lewald, waren wir viel auf Helgoland zusammen … Mit der Heirath ist es Ernst, nicht Scherz. Er hat sich scheiden lassen – muß aber eine gewisse Frist dazwischen lassen, ehe er das legitime Ehebett betreten und die kirchliche Form vollziehen lassen darf.«

Julius Campe an Heinrich Heine,
September 1854

»Mit rechtem Herzensinteresse«

Fanny Lewald

Als Älteste von neun Kindern stammt Fanny aus der jüdischen Kaufmannsfamilie Marcus und wird 1811 im damaligen preußischen Königsberg geboren. Der Vater lässt seine gesamte Familie 1831 in »Lewald« umbenennen, weshalb auch seine Tochter unter dem Namen Fanny Lewald bekannt wird.

Fanny Lewald ist für Heine eine Autorin der jüngeren Generation, die nicht dem Klischee einer sentimentalen, schreibenden Dame entspricht. Zwar hat auch Heine ein solches vorschnelles Urteil im Kopf, muss es aber zurücknehmen, als er ihre Bekanntschaft macht. Fanny, die nach der Revolution 1848 einen einflussreichen literarisch-politischen Salon in Berlin pflegt, ist eine Kämpferin für die Emanzipation der Frauen: Sie setzt sich ein für das Recht auf Bildung und für das Recht auf gewerbliche Arbeit. Überdies wehrt sie sich gegen die Zwangsverheiratung junger Frauen und gegen das Scheidungsverbot. Ihr Engagement, ihr klarer Schreibstil sowie ihr literarischer Erfolg bringen ihr den Beinamen »deutsche George Sand« ein.

Ihre ersten Romane publiziert Fanny aus Rücksichtnahme auf ihren familiären Umkreis anonym. Sie setzt sich jedoch gegen den Wunsch ihrer Familie durch, nimmt die Mühsal einer Existenz als freie Schriftstellerin auf sich und zieht nach Berlin. Mit Werken wie *Jenny* oder *Italienisches Bilderbuch* erfährt sie Zuspruch und finanziellen Erfolg, der ihr 1848 eine Reise nach Paris ermöglicht. Auf dieser Reise wird sie begleitet von der Schriftstellerin Therese von Bacheracht, mit der Fanny eng befreundet ist. Während Fanny in der Metropole an der Seine weilt, macht sie Heine ihre Aufwartung. Auch brieflich gesteht sie ihm, wie sehr sie sein Werk verehrt: »Bester Herr Doktor! eigentlich kam ich neulich mit einem rechten Herzensinterresse zu Ihnen, um Ihnen für alle die guten Stunden zu danken, die ich von früher Jugend an Ihnen schuldig geworden bin. Sie sind ein ganz entschiedenes, für sich gesondertes Element meiner, in stiller Prosa dürftigen Jugend gewesen und Ihr Buch der Lieder hat mir die sonnigsten Mährchen an den sehr engen Horizont jener Tage gemalt.«

Da sie Heine bereits krank und bettlägerig vorfindet, bietet sie ihm ihre Unterstützung an: »Ich möchte Ihnen kleine Zinsen rückzahlen von dem Kapital, das Sie mir gegeben haben. Sie sagen, Sie könnten nicht lesen? Wollen Sie, daß ich Ihnen einmal etwas vorlese in den Morgenstunden? Wenn Sie deutsche Bücher haben, die Sie interressiren, denn ich besitze nicht ein gedrucktes deutsches Blatt. Kann ich Ihnen sonst einen Dienst leisten? Wir Frauen sind ja zu Krankenpflegerinnen geboren und Sie sind krank und haben also doppelten Anspruch, den man so gern befriedigen möchte.«

Doch Heine scheint nicht nur auf Fanny Eindruck zu machen – auch Therese von Bacheracht »empfiehlt sich freundlich und grüßt mit mir Sie und Madame Heine, die so hübsch ist, daß man es Ihnen vergeben muß, keine blonde Deutsche geheirathet zu haben.«

»Bei uns in Deutschland sieht es traurig aus«

Politische Unruhen

Die politischen Unruhen in Deutschland zwingen die beiden Frauen jedoch nach nur wenigen Wochen Aufenthalt in Paris zur Rückreise, was Fanny Lewald sehr bedauert. Wieder in Deutschland angekommen, berichtet sie Heine von der politischen Lage: »Mein Leben lang habe ich mir gewünscht, Sie kennen zu lernen; endlich komme ich nach Paris, überwinde die Scheu zudringlich zu scheinen, habe die Freude Sie zu sehen – da knallen die Deutschen ihre unreifen Revolutionen auf, mein Bruder schreibt, ich solle gleich zurückkommen und ich muß so schnell von Paris abreisen, daß ich Ihnen nicht einmal Lebewohl sagen kann. Bei uns in Deutschland sieht es traurig aus, und es müssten Wunder geschehen, wenn heute, an dem grossen Paradentage, nicht ernste Ruhestörungen in Berlin vorkommen sollten. Das Schlimmste ist, daß Niemand ein festes Ziel vor Augen hat. Man hat die Republik en horreur! Den einigen deutschen Kaiser hält man für den geistigen Untergang, für den Tod der Intelligenz in Deutschland; die acht und dreißig Souveraine für ein Unglück; den Communismus für einen Wahnsinn; den Sozialismus für Utopien – man will also das Alles nicht! Man läugnet, man negirt es und sieht sich mit diesen Negationen lauter positiven Nöthen gegenüber: dem Kriege in Dänemark; dem Aufstande auf den adligen Gütern; den Revolutionen, dem Bürgerkriege in den Städten; der Cholera und der Kartoffelkrankheit – Es kann Einem wirklich bange werden vor dem Winter.«

Fanny Lewald zieht es vor, das revolutionsgetränkte Berlin zu umgehen, und findet Unterschlupf bei ihrer Freundin Therese in Hamburg, wo sie glaubt, »in einer andern Welt zu sein«. Heine schreibt sie: »Die Elbkrössusse klagen zwar über schlechte Zeiten, verwünschen den Krieg mit Dänemark, aber jeder Tag hat sein Diner monstre; die Landhäuser sind voll Gäste; die Promenaden voll Spaziergänger; der Hamburger Berg voll regen Treibens – und selbst die Thorsperre hat ihre alten Rechte. Die Stadtsoldaten stehen so phlegmatisch da, wenn Abends die Sperrglocke läutet und die Spazierengeher, wie toll und blind dem Thore zustürzen, als hätte es nie Strassenpflaster und Barrikaden gegeben in Europa.«

Bei ihren Spaziergängen durch die Hansestadt denkt Fanny oft an Heine und fragt sich: »… und tausendmal habe ich gedacht, wenn ich auf den Wällen umherging, welches von Ihren Gedichten, Sie wohl hier gemacht haben mögen?« Ihre Ausgabe von Heines *Buch der Lieder*, das sie so lange glücklich gemacht hat und das »zehn, fünfzehn Jahre lang mein beständiger Begleiter gewesen«, schenkt sie ihrer Freundin Therese.

»Jene in sich ruhende Selbstgenügsamkeit«

Angriffe auf die Schriftstellerkollegin Ida Hahn-Hahn

Fanny bestärkt Heine aber nicht nur durch ihre Liebe zu seinem *Buch der Lieder*, auch in der abwertenden Einschätzung der Schriftstellerkollegin Ida Hahn-Hahn stimmen die beiden überein. Heine versieht seine Ausführungen über schreibende Frauen mit einem bösen Seitenhieb, der auf die missglückte Augenoperation der Gräfin Hahn-Hahn anspielt:

»O die Weiber! Wir müssen ihnen viel verzeihen, denn sie lieben viel, und sogar Viele. Ihr Haß ist eigentlich nur eine Liebe, welche umgesattelt hat. Zuweilen suchen sie auch uns Böses zuzufügen, weil sie dadurch einem andern Manne etwas Liebes zu erweisen denken. Wenn sie schreiben, haben sie ein Auge auf das Papier und das andre auf einen Mann gerichtet, und dieses gilt von allen Schriftstellerinnen, mit Ausnahme der Gräfin Hahn-Hahn, die nur ein Auge hat.«

Fanny Lewald thematisiert das vermeintlich übersteigerte Selbstwertgefühl der Schriftstellerkollegin und unterstellt ihr unumwunden Narzissmus, indem sie Heine nach ihrem Besuch 1848 in Paris wissen lässt:

»Das und noch Vieles hatte ich Ihnen sagen wollen und gewußt, es würde Sie freuen; denn nur die Gräfin Hahn-Hahn hat jene in sich ruhende Selbstgenügsamkeit der homerischen Götter, die nur schaffen und wirken für sich selbst. Jeder andre Dichter freut sich, wenn das Wort, mit dem er das eigene Innere befreit, zündend weiter wirkt in die Ferne.«

Der Brief an Heine ist aber nicht die einzige Auseinandersetzung Fannys mit Ida Hahn-Hahn. Sie verfasst auch eine auf die Gräfin gemünzte Satire mit dem Titel *Diogena*, in der sie deren gedrechselte und sentimentale Sprache verspottet, die über die Maßen große und überzogen zur Schau gestellte Empfindsamkeit, den aristokratischen Standesdünkel und einiges andere mehr.

»Ich schmachte nach Ihrem Kommen«

Besuche bei Heine im Herbst 1855

Fanny und Heine begegnen sich im Herbst 1855 wieder. Dieses Mal ist sie in Begleitung von Adolf Stahr, den sie während ihres Aufenthaltes in Rom 1845/1846 kennengelernt hatte. Der verheiratete Gymnasiallehrer, Kritiker und Schriftsteller ist ihre große Liebe. Zunächst will Adolf seine Ehefrau und die fünf Kinder nicht verlassen, gleichzeitig ist er aber nicht bereit, die Beziehung zu Fanny aufzugeben. Eine Dreiecksbeziehung jedoch ist für Fanny auf Dauer inakzeptabel. So zieht Adolf im Herbst 1852 zu ihr. Es dauert noch weitere zweieinhalb Jahre, bis seine Ehe geschieden ist und die beiden im Februar 1855 heiraten. Im Herbst dieses Jahres sehen sich Heine und das frisch angetraute Ehepaar recht oft in Paris. Adolf lässt er wissen:

»Liebster Freund! Ich bin nicht nachlässig, aber sehr krank, und konnte Ihnen erst heute die beyfolgenden Bücher besorgen. Die Allemagne, die Lutèce und die Poëmes et legendes bitte ich Sie als ein hommage respectueux de l'auteur zu empfangen, und sie mögen in Ihrer Bibliothek als Curiosität prangen. Den zerrissenen ersten Theil des Salons, so wie auch die Revue des deux Mondes bitte ich jedoch, sobald Sie derselben nicht mehr bedürfen, mir zurückzusenden. Ich habe dem Herrn Taillandier Ihre Adresse gegeben, und ich denke, er wird unserer hochverehrten und vielgeliebten Freundin seine Aufwartung machen. Ich schmachte nach ihrem Kommen um so mehr, da ich nichts mehr zu lesen habe. Ich bin krank wie ein Hund, und kämpfe gegen Schmerz und Tod wie eine Katze; Katzen sollen leider ein sehr zähes Leben haben.«

Heines Korrespondenz mit Adolf und Fanny zeugt von einem regen Büchertausch. Fanny schreibt ihm:

»Diesen Augenblick erhalte ich den verlangten Roman,

und er geht nun direct zu Ihnen; doch muß ich Sie bitten, mir die beiden ersten Bände zurückzuschicken, sobald Sie dieselben gelesen haben, da es ein Wortbruch von mir ist, daß ich Ihnen das Buch gebe, statt es dem ›Athenäum‹ zur Recension zu senden … Wollen Sie Bücher wechseln – denn ich muß hier wirklich den Leihbibliothekar mit meinen eigenen Werken machen – so bitte ich, daß Sie gegen 6 Uhr schicken, wo wir immer zu Hause sind.«

Der muntere Ton des erhaltenen Briefwechsels täuscht über die ernste gesundheitliche Lage Heines hinweg, die sich auch für das Ehepaar als dramatisch darstellt. Heine soll sich – so haben es Fanny Lewald und Adolf Stahr in ihren Heine-Erinnerungen dargelegt – während ihres Paris-Aufenthaltes wie folgt geäußert haben: »Die Parole meines Daseins ist das Wort ›nicht mehr!‹ Haben sie wohl darüber nachgedacht, welch' ein furchtbares Wort das ist? Nicht mehr gehen! Nicht mehr sehen! Nicht mehr! Wie eine schwere erdrückende Walze wälzt es sich an uns heran, auf alles rollt sie nieder – und zuletzt liegen auch wir unter ihr, und das Nichtmehr ist vollendet!«

»Sprache als freies Eigenthum«

Gegen Zensur und Antisemitismus

Nach dem Tod Heines soll Fanny Notizen zu ihren Gesprächen mit Heine vernichtet haben, um ihren Freund vor den neugierigen Blicken und Interpretationen der Nachwelt zu schützen. Einige Verbindungslinien der beiden sind aber in den Werkbezügen Fanny Lewalds enthalten. So greift sie Motive der deutschen Erzählliteratur mit jüdischer Thematik, ähnlich wie Heine in seinem Fragment *Der Rabbi von Bacherach*, in ihrem zweiteiligen Roman *Jenny* auf. Fanny schreibt einen eindrucksvollen Zeitroman über die Diskriminierung der Juden in der Biedermeierzeit:

»Obwohl die jüdische Familie Meier durch Besitz und Bildung zu den führenden Hamburger Kaufmannsfamilien gehört, ist für den Juden die Einheirat in christliche Familien unmöglich … Walter muß sich und seine zukünftige Frau gegen die Beleidigung eines Standesgenossen verteidigen und kommt dabei um, ein Ende, das Jenny seelisch nicht zu verkraften vermag; sie folgt dem Geliebten in den Tod. Der Roman schließt mit der verzweifelten Hoffnung auf eine bessere Periode, in der solche Opfer auf dem Altare der Vorurteile nicht mehr nötig und möglich sind.«

In den Augen von Fanny, die 1889 in Dresden nach einem von den Zeitgenossen beachteten Leben als Schriftstellerin und Salonnière stirbt, hat Heine einen entscheidenden Beitrag zur Emanzipation der Juden und zur Politisierung der deutschen Literatur geleistet: »Heine ist es, der dem Styl die goldenen Fesseln der Goeth'schen Zwangsherrschaft abgenommen und dem Deutschen das Recht erkämpft hat die Sprache als freies Eigenthum des Individuums mit Individualität zu behandeln …«

5

Dank

Dem Kollegium des Heinrich-Heine-Instituts der Landeshauptstadt Düsseldorf sei sehr herzlich für die Unterstützung bei den Recherchen und beim Zusammentragen der Quellen gedankt, insbesondere ist hier Sandra Heppener M.A. zu nennen. Dr. Mechthilde Vahsen danke ich für den unermüdlichen Ansporn beim Schreiben der Texte und für ihre kenntnisreichen Rückmeldungen, die sie aus einem ihrer ausgewiesenen Forschungsgebiete, den Autorinnen des 18. und 19. Jahrhunderts, schöpft. Die Übersetzungen der französischen Briefe hat Dr. Jan-Christoph Hauschild zur Verfügung gestellt, dem ich für seine kenntnisreiche Hilfe dankbar bin. Dr. Beate Borowka-Clausberg und Dr. Nicole Tiedemann-Bishop danke ich von Herzen für die kollegiale Zusammenarbeit von Heinrich-Heine-Institut, Heine-Haus e.V. und Jenisch-Haus, aus der die Ausstellung »Salonfähig – Frauen in der Heine-Zeit« hervorgegangen ist.

6

Die Autorin

Sabine Brenner-Wilczek, geboren 1976, wurde nach dem Studium der Germanistik und Medienwissenschaft 2003 an der Heinrich-Heine-Universität Düsseldorf promoviert. Seit 1999 arbeitet sie in Heines Geburtsstadt Düsseldorf als Wissenschaftlerin am Heinrich-Heine-Institut. Von 2007 bis 2009 war sie Leiterin des Stadtmuseums Ludwig Erhard, des Stadtarchivs, der Stadtbibliothek und der Städtischen Sammlungen in Fürth, bevor sie 2009 zur Direktorin des Heinrich-Heine-Instituts berufen wurde. Sie ist Herausgeberin des *Heine-Jahrbuchs* und der *Heine-Studien* und kuratiert zahlreiche Ausstellungen, darunter »Heines Reisen durch Europa« und »Gepfeffert – salzig – bittersüß. Frauenliteraturgeschichte(n)«.

7

Zitatnachweise

Die Orthografie und Interpunktion wurden behutsam angepasst.

Heinrich Heine: Historisch-kritische Gesamtausgabe der Werke. In Verbindung mit dem Heinrich-Heine-Institut hrsg. von Manfred Windfuhr im Auftrag der Landeshauptstadt Düsseldorf. Bd. 1–16. Hamburg 1973–1997, abgekürzt: DHA.

Heinrich Heine: Werke, Briefwechsel, Lebenszeugnisse. Säkularausgabe. Hrsg. von den Nationalen Forschungs- und Gedenkstätten der klassischen deutschen Literatur in Weimar und dem Centre National de la Recherche Scientifique in Paris. Bd. 1–27. Berlin, Paris: 1970ff., abgekürzt: HSA.

Begegnungen mit Heine. Berichte der Zeitgenossen. Hrsg. von Michael Werner in Fortführung von H. H. Houbens »Gespräche mit Heine«. Bd. 1 und 2. 1797–1846. Hoffmann und Campe 1973.

S. 7 Weiber: DHA, Bd. 15, S. 167 – **S. 13** Ahnen: DHA, Bd. 6, S. 151 – **S. 15** rosa Huth: HSA Bd. 27, S. 32, Brief Nr. 974 – **S. 16** Stadt am Rhein: DHA, Bd. 6, S. 181 – **S. 17** Wichtigste: HSA Bd. 23, S. 145,

Brief Nr. 1369 – **S. 18** Kirmeß: DHA, Bd. 15, S. 80 – **S. 19** Jugend-Memoiren: HSA Bd. 24, S. 94, Brief Nr. 68 – **S. 19f.** Düsseldorf: DHA, Bd. 6, S. 182 – **S. 20ff.** Erziehungspläne: DHA, Bd. 15, S. 62 – **S. 24f.** Erkältung: HSA Bd. 24, S. 231, Brief Nr. 158 – **S. 25f.** Dein Bild: HSA Bd. 24, S. 231, Brief Nr. 158 – **S. 26** Ruhm: HSA Bd. 24, S. 231, Brief Nr. 158 – **S. 26** Die Stadt: DHA Bd. 4, S. 137 – **S. 26f.** große Sorgen: HSA Bd. 26, S. 27, Brief Nr. 640 – **S. 27** Brief vom 7ten: HSA Bd. 22, S. 23, Brief Nr. 899 – **S. 28** Contrakt: HSA Bd. 25, S. 33, Brief Nr. 347 – **S. 29f.** Vorsicht: HSA Bd. 21, S. 66, Brief Nr. 450 – **S. 30** Katze: HSA Bd. 22, S. 66, Brief Nr. 952 – **S. 30** Lebensgröße: HSA Bd. 22, S. 68, Brief Nr. 954 – **S. 31** Aussehen: HSA Bd. 22, S. 69, Brief Nr. 957 – **S. 31** Eintagsfahrt: HSA Bd. 22, S. 88, Brief Nr. 980 – **S. 31f.** in Paris: HSA Bd. 22, S. 0, Brief Nr. 981 – **S. 32** Antwerpen: HSA Bd. 22, S. 114, Brief Nr. 1010 – **S. 33** Großmutter: HSA Bd. 26, S. 303, Brief Nr. 906 – **S. 33ff.** Apfelsinengleichnis: DHA, Bd. 4, S. 135f. – **S. 35** Mausel: HSA Bd. 22, S. 255, Brief Nr. 1194 – **S. 36f.** Augenübel: HSA Bd. 22, S. 50, Brief Nr. 931 – **S. 37** heiter und wohl: HSA Bd. 22, S. 249, Brief Nr. 1185 – **S. 37f.** Instinkt: HSA Bd. 23, S. 30f., Brief Nr. 1286 – **S. 38** Täuschung: HSA Bd. 22, S. 282, Brief Nr. 1227 (peigere = sterbe) – **S. 39** Augen: HSA Bd. 22, S. 321, Brief Nr. 1277 – **S. 39** Lieben: HSA Bd. 23, S. 27, Brief Nr. 1283 – **S. 39**: Leibesbanquerott: HSA Bd. 23, S. 49, Brief Nr. 1303 – **S. 40** Bleystift: HSA Bd. 23, S. 480, Brief Nr. 1740 – **S. 41ff.** Nachtgedanken: DHA, Bd. 2, S. 129f. – **S. 45** Hamburgerin: HSA Bd. 20, S. 208, Brief Nr. 141 – **S. 46** Zwey Classen: HSA Bd. 20, S. 24, Brief Nr. 6 – **S. 46** Ich liebe dich: HSA Bd. 20, S. 118, Brief Nr. 79 – **S. 47** rosenroth: HSA Bd. 20, S. 130, Brief Nr. 87 – **S. 47** Bonbons: HSA Bd. 20, S. 131, Brief Nr. 88 – **S. 47** Schmeichelworte: HSA Bd. 22, S. 28, Brief Nr. 906 – **S. 48** Rischeß: HSA Bd. 20, S. 85, Brief Nr. 59 – **S. 48** Culturableiter: HSA Bd. 20, S. 120, Brief Nr. 81 – **S. 48f.** Ein glückliches Paar: HSA Bd. 20, S. 70, Brief Nr. 46 – **S. 49f.** Caprizchen männlich ertragen: HSA Bd. 20, S. 110, Brief Nr. 76 – **S. 50** Herz ist zwar sehr eckig: HSA Bd. 20, S. 110, Brief Nr. 76 – **S. 50** Schrauben zu fest: HSA Bd. 20, S. 118, Brief Nr. 79 – **S. 51f.** An meine Schwester: Neue

Briefe – Brief Nr. 88b. www.heine-portal.de – **S. 52** Lüneburger Heide: HSA Bd. 20, S. 140, Brief Nr. 93 – **S. 53** großmütterlichen Hoffnungen: HSA Bd. 20, S. 110, Brief Nr. 76 – **S. 53** Vorgebirge: HSA Bd. 20, S. 131, Brief Nr. 88 – **S. 53** Kalbereymisere: HSA Bd. 20, S. 140, Brief Nr. 93 – **S. 53 f.** nasche nichts: HSA Bd. 20, S. 158, Brief Nr. 108 – **S. 54** Göttingen: HSA, Bd. 20, S. 140, Brief Nr. 93 – **S. 54** Kuhstall: HSA Bd. 20, S. 208, Brief Nr. 141 – **S. 54** Maulkorb: HSA Bd. 20, S. 154, Brief Nr. 103 – **S. 54 f.** Harzgebirge: HSA Bd. 20, S. 158, Brief Nr. 108 – **S. 55** Ahnung: HSA Bd. 20, S. 154, Brief Nr. 103 – **S. 55 f.** süßen Töchterchen: HSA Bd. 20, S. 172, Brief Nr. 115 – **S. 56** in Acht nehmen: HSA Bd. 21, S. 77, Brief Nr. 475 – **S. 57** Wochenbett: HSA Bd. 21, S. 79, Brief Nr. 480 – **S. 57 f.** ein Wort zum Trost: HSA Bd. 22, S. 308, Brief Nr. 1260 – **S. 58** Eichhörnchen: HSA Bd. 22, S. 314, Brief Nr. 1266 – **S. 59** Correspondenz: HSA Bd. 27, S. 38, Brief Nr. 979 – **S. 59** Prachtstück prima Classa: HSA Bd. 26, S. 303, Brief Nr. 906 (Goye = Frau; nebbich = leider) – **S. 59 f.** Kronleuchter: HSA Bd. 27, S. 160, Brief Nr. 1102 – **S. 60** Jungfer Zilgers: HSA Bd. 27, S. 160, Brief Nr. 1102 – **S. 60** Chor-Geschnubbel: HSA Bd. 27, S. 196, Brief Nr. 1133 – **S. 61** deutsche Bücher: HSA Bd. 23, S. 40, Brief Nr. 1295 – **S. 61 f.** Hünergeschiss: HSA Bd. 27, S. 56, Brief Nr. 994 (In der Familienkorrespondenz finden sich oftmals Spitznamen: Ös = Charlotte, Ölhändler = Gustav, Hühnergeschiss = Max.) – **S. 62** diesen ganzen Winter: HSA Bd. 23, Brief S. 426, Nr. 1648 – **S. 65** ich liebe das Schöne: HSA Bd. 24, S. 227, Brief Nr. 156 – **S. 67** Etiquette: HSA Bd. 20, S. 19, Brief Nr. 3, S. 22 – **S. 68** Affrontenburg: DHA, Bd. 3/1, S. 196. Gedichte. 1853 und 1854 – **S. 68 f.** Madame Piepers Maul: DHA Bd. 5, S. 156. – **S. 70** ein herrliches Weib: HSA Bd. 24, S. 227, Brief Nr. 156 – **S. 70** Ehren einer Tante. DHA Bd. 1/1, S. 527 – **S. 71** Sonnenaufgang: DHA Bd. 1/1, S. 527–529 – **S. 71** Böse: HSA Bd. 24, S. 29, Brief Nr. 15 – **S. 72** Lärmen: HSA Bd. 24, S. 253, Brief Nr. 179 – **S. 72** Todesnachricht: HSA Bd. 21, S. 174, Brief Nr. 609 – **S. 73** Familienunglücks: HSA Bd. 21, S. 224, Brief Nr. 655 – **S. 73 f.** empörend grausam: HSA Bd. 21, S. 263, Brief Nr. 698 – **S. 75** Engel: DHA, Bd. 1/1, S. 40 –

S. 77 Todeswunde: HSA Bd. 20, S. 39, Brief Nr. 17 – **S. 78** Mädchen: HSA Bd. 20, S. 248, Brief Nr. 175 – **S. 78** Neffe: HSA Bd. 20, S. 19, Brief Nr. 3 – **S. 78** Niemand: HSA Bd. 20, S. 19, Brief Nr. 3 – **S. 78f.** Prahlhans: HSA Bd. 20, S. 17, Brief Nr. 2 – **S. 79** Molly: HSA Bd. 20, S. 17, Brief Nr. 2 – **S. 80** Hölle: HSA Bd. 20, S. 19, Brief Nr. 3 – **S. 80** Verbrenn: HSA Bd. 20, S. 19, Brief Nr. 3 – **S. 81** Kartenhaus: HSA Bd. 20, S. 19, Brief Nr. 3 – **S. 81** Sehnsucht: HSA Bd. 20, S. 19, Brief Nr. 3 – **S. 81** Zeit genug: HSA Bd. 20, S. 19, Brief Nr. 3 – **S. 81f.** Schwerenothssache: HSA Bd. 20, S. 19, Brief Nr. 3 – **S. 82** Geist: HSA Bd. 20, S. 19, Brief Nr. 3 – **S. 82** Freudhold: DHA, Bd. 1/1, S. 22 – **S. 82** Wunsch: HSA Bd. 20, S. 23, Brief Nr. 4 – **S. 83** Gedichten: HSA Bd. 20, S. 49, Brief Nr. 28 – **S. 83f.** verletzen: HSA Bd. 20, S. 90, Brief Nr. 64 – **S. 84f.** Schuld: HSA Bd. 20, S. 47, Brief Nr. 25 – **S. 86** süße Liebe: HSA, Neue Briefe zu Bd. 20 (1815–1831), Brief Nr. 166a – **S. 86f.** erstenmale: DHA, Bd. 1/1, S. 274 – **S. 87** Flammen: DHA, Bd. 1/1, S. 300 – **S. 87** Urne: DHA, Bd. 1/1, S. 300 – **S. 87f.** Linde: DHA, Bd. 1/1, S. 157 – **S. 88** Er liebte Sie: DHA, Bd. 6, S. 222 – **S. 89** eine dicke Frau: HSA Bd. 20, S. 300, Brief Nr. 235 – **S. 89f.** Windbeutel: HSA Bd. 20, S. 369, Brief Nr. 320 – **S. 90f.** Düfte: DHA, Bd. 3/1, S. 397 – **S. 93** Engel: HSA Bd. 23, S. 105, Brief Nr. 1336 – **S. 94** Kehle: HSA Bd. 23, S. 289, Brief Nr. 1506 – **S. 94** Kopf: HSA Bd. 22, S. 25, Brief Nr. 903 – **S. 95** Liaison: HSA Bd. 25, S. 221, Brief Nr. 497 – **S. 95** Genius: HSA Bd. 25, S. 221, Brief Nr. 497 – **S. 95** Eindruck: HSA Bd. 26, S. 310, Brief Nr. 911 – **S. 95** Mausche: HSA Bd. 22, S. 30, Brief Nr. 909 – **S. 96** Duell: HSA Bd. 21, S. 426, Brief Nr. 886 – **S. 96** Holmgang: HSA Bd. 21, S. 426, Brief Nr. 886 – **S. 96f.** Vermählung: HSA Bd. 21, S. 423, Brief Nr. 882 – **S. 97** Hausvesuv: HSA Bd. 22, S. 155, Brief Nr. 1067 – **S. 97** Verbrengerin: HSA Bd. 22, S. 155, Brief Nr. 1067 – **S. 97** Temperament: HSA Bd. 22, S. 21, Brief Nr. 896 – **S. 97** Satanas: HSA Bd. 23, S. 254, Brief Nr. 1464 – **S. 98** Vitzliputzli-Robe: HSA Bd. 23, S. 166, Brief Nr. 1384 – **S. 98** Robe: HSA Bd. 23, S. 166, Brief Nr. 1384 – **S. 98** Sparbüchse: HSA Bd. 23, S. 226, Brief Nr. 1445 – **S. 98** Vergnügen: HSA Bd. 23, S. 343, Brief Nr. 1556 – **S. 99** Leinenzeug: HSA Bd. 23, S. 273, Brief Nr. 1487 –

S. 99 Engel: HSA Bd. 22, S. 318, Brief Nr. 1273 – **S. 99** traitabler: HSA Bd. 22, S. 60, Brief Nr. 944 – **S. 99** Montmorency: HSA Bd. 22, S. 171, Brief Nr. 1081 – **S. 99f.** gute Katze: HSA Bd. 22, S. 258, Brief Nr. 1196 – **S. 100f.** Gliedern: HSA Bd. 21, S. 154, Brief Nr. 584 – **S. 101** veilchenblauer Seide: HSA Bd. 20, S. 144, Brief Nr. 96 – **S. 101** Freyheit: HSA Bd. 21, S. 248, Brief Nr. 681 – **S. 102** Nebentisch: Werner I, S. 343 – **S. 102** Tanzgesellschaft: HSA Bd. 22, S. 81, Brief Nr. 973 – **S. 102f.** Hanswürste: HSA Bd. 22, S. 70, Brief Nr. 960 – **S. 103** Nonotte: HSA Bd. 22, S. 70, Brief Nr. 960 – **S. 103f.** schönen Künste: HSA Bd. 22, S. 127, Brief Nr. 1025 – **S. 104** Schäfchen: HSA Bd. 22, S. 134, Brief Nr. 1037 – **S. 104f.** Wohlseyn: HSA Bd. 22, S. 137, Brief Nr. 1043 – **S. 105** korpulenter: HSA Bd. 23, S. 45, Brief Nr. 1299 – **S. 105** Pfund: HSA Bd. 23, S. 45, Brief Nr. 1299 – **S. 105** Putzkosten: HSA Bd. 23, S. 212, Brief Nr. 1436 – **S. 106** Angst: HSA Bd. 22, S. 21, Brief Nr. 896 – **S. 106** leidend: HSA Bd. 23, S. 109, Brief Nr. 1340 – **S. 107** An die Engel: DHA, Bd. 3/1, S. 116 – **S. 109** dumm: HSA Bd. 23, S. 479, Brief Nr. 1739 – **S. 111** Person: HSA Bd. 23, S. 427, Brief Nr. 1649 – **S. 112** Eindruck: HSA Bd. 23, S. 427, Brief Nr. 1649 – **S. 112f.** Petschafts: HSA Bd. 23, S. 434, Brief Nr. 1661 – **S. 113** sumsen: HSA Bd. 23, S. 463, Brief Nr. 1707 – **S. 113** Insect: HSA Bd. 27, S. 374, Brief Nr. 1298 – **S. 113** Zärtlichkeit: HSA Bd. 23, S. 456, Brief Nr. 1696 – **S. 113** Seele: HSA Bd. 23, S. 460, Brief Nr. 1703 – **S. 113** Mops: HSA Bd. 23, S. 479, Brief Nr. 1739 – **S. 114** Todter: HSA Bd. 23, S. 434, Brief Nr. 1661 – **S. 114f.** Kätzchen: DHA, Bd. 3/1, S. 389ff. – **S. 115f.** Worte: DHA, Bd. 3/1, S. 389 – **S. 116** 24: HSA Bd. 23, S. 477, Brief Nr. 1733 – **S. 116** Gott: HSA Bd. 23, S. 477, Brief Nr. 1733 – **S. 116f.** kopfleidend: HSA Bd. 23, S. 451, Brief Nr. 1685 – **S. 117** Süßeste: HSA Bd. 23, S. 469, Brief Nr. 1720 – **S. 117** Holdes: HSA Bd. 23, S. 457, Brief Nr. 1699 – **S. 117f.** nahe zu sein: HSA Bd. 27, S. 359, Brief Nr. 1277 – **S. 118** Freund: HSA Bd. 23, S. 475, Brief Nr. 1730 – **S. 118** Ganzel: HSA Bd. 23, S. 478, Brief Nr. 1737 – **S. 118f.** Liebstes Kind: HSA Bd. 23, S. 476, Brief Nr. 1732 – **S. 120** Gedankenbaum: DHA, Bd. 3/1, S. 389 – **S. 123** Sympathien: DHA, Bd. 15, S. 18 –

S. 125 heiter: HSA Bd. 20, S. 377, Brief Nr. 329 – **S. 127** Papier: HSA Bd. 20, S. 411, Brief Nr. 345 – **S. 127** Nebelwetter: HSA Bd. 20, S. 428, Brief Nr. 363 – **S. 128** Statthalter: HSA Bd. 21, S. 272, Brief Nr. 701 – **S. 128 f.** Aufsatz: HSA Bd. 20, S. 94, Brief Nr. 65 – **S. 129** blinder Heide: HSA Bd. 20, S. 123, Brief Nr. 83 – **S. 129** Herzensleben: HSA Bd. 24, S. 15, Brief Nr. 1 – **S. 130** Kommen Sie: HSA Bd. 24, S. 15, Brief Nr. 1 – **S. 131** Polterkammer: HSA Bd. 20, S. 77, Brief Nr. 50 – **S. 132** Menschenverkehr: HSA Bd. 20, S. 94, Brief Nr. 65 – **S. 132 f.** Ihrer Schwester: HSA Bd. 20, S. 123, Brief Nr. 83 – **S. 133 f.** Entzückt: HSA Bd. 20, S. 254, Brief Nr. 181 – **S. 134 f.** Handschrift: HSA Bd. 20, S. 393, Brief Nr. 340 – **S. 135** zerschlagenes Herz: HSA Bd. 24, S. 60, Brief Nr. 37 – **S. 135 f.** Fülle: HSA Bd. 24, S. 61, Brief Nr. 38 – **S. 136** Theilnahme: HSA Bd. 21, S. 36, Brief Nr. 403 – **S. 137** Handschrift: HSA Bd. 24, S. 125, Brief Nr. 88 – **S. 137 f.** Feder: HSA Bd. 21, S. 50, Brief Nr. 426 – **S. 139** Börne: DHA, Bd. 11, S. 13 – **S. 141** Katzen: DHA, Bd. 15, S. 167 – **S. 142** Amazone: DHA, Bd. 13/1, S. 40 – **S. 142** Tänzerin: DHA, Bd. 13/1, S. 41 – **S. 142** Edelmann: DHA, Bd. 13/1, S. 40 f. – **S. 143** Namens: DHA, Bd. 13/1, S. 40 – **S. 145** cousine: HSA Bd. 21, S. 92, Brief Nr. 509 – **S. 145** sein Herz: Werner II, S. 494 – **S. 146** Frauenfrage: DHA, Bd. 13/1, S. 91 – **S. 146** Hinzögern: DHA, Bd. 13/1, S. 34 f. – **S. 147** kühne Autor: DHA, Bd. 13/1, S. 35 – **S. 147** Schriftsteller: DHA, Bd. 13/1, S. 36 – **S. 148** George Sand: HSA Bd. 23, S. 53, Brief Nr. 1305 – **S. 149** Wanzerich: HSA Bd. 23, S. 454, Brief Nr. 1693 – **S. 149** schöne Frau: DHA, Bd. 13/1, S. 41 – **S. 150** Stirn: DHA, Bd. 13/1, S. 41 f. – **S. 150 f.** Beichtvater: DHA, Bd. 13/1, S. 43 – **S. 153** Helgoland: HSA Bd. 27, S. 233, Brief Nr. 1165 – **S. 155** Herzensinterresse: HSA Bd. 26, S. 219, Brief Nr. 842 – **S. 155** kleine Zinsen: HSA Bd. 26, S. 219, Brief Nr. 842 – **S. 156** blonde Deutsche: HSA Bd. 26, S. 219, Brief Nr. 842 – **S. 156 f.** zudringlich: HSA Bd. 26, S. 224, Brief Nr. 847 – **S. 157** andern Welt: HSA Bd. 26, S. 224, Brief Nr. 847 – **S. 157** Elbkrösusse: HSA Bd. 26, S. 224, Brief Nr. 847 – **S. 157 f.** tausendmal: HSA Bd. 26, S. 224, Brief Nr. 847 – **S. 158** Begleiter: HSA Bd. 26, S. 224, Brief Nr. 847 – **S. 158** Weiber: DHA,

Bd. 15, S. 18 – **S. 159** noch Vieles: HSA Bd. 26, S. 219, Brief Nr. 842 – **S. 160** Bücher: HSA Bd. 23, S. 462, Brief Nr. 1706 – **S. 160f.** Roman: HSA Bd. 27, S. 360, Brief Nr. 1279 – **S. 161** Parole: Werner II, S. 440 – **S. 162** Familie Meier: DHA, Bd. 5, S. 621 – **S. 163** Fesseln: Fanny Lewald: Erinnerungen aus dem Jahre 1848. Braunschweig 1850, S. 107